姉
妹
宇佐見千影《うさみ・ちかげ》
成績優秀・真面目な高校1年生。
中学時代から気になっていた咲人と仲良くなって舞い上がる。
流され気質だけど、思い切ったら全力!
宇佐見光莉《うさみ・ひかり》
自由奔放、ちょっと不思議な雰囲気の高校1年生。
ゲーセン通いで一緒に遊んだ咲人を好きになる。
人になかなか言えない秘密があって…?
双子まとめて『カノジョ』にしない？

ひーちゃん！
急に抱きついちゃダメ。
ずるい……
高屋敷咲人《たかやしき・さくと》
とある理由で、「なるべく目立たない」をモットーとしている高校1年生。
自身の勘違いで宇佐見姉妹から、同時に好かれて……!?
いざという時の行動力がある

ちーちゃんばっかり
構ったら寂しいなぁ。
両方いっしょに、
ね？

「な、　なななんでうちにっ⁉
き、　着替えますので、
向こうを向いていてください！」

「おかえり〜。
ごめんごめん。
まだお着替えの途中だったから」

「ちゅーしてください、私。
まだしてもらってません」
意外な表情！デート中に……

「え、え、え!? なになに!?
咲人くんのこと……う、うん。
好きです……」
意外な表情! 告白されて……

「うちとちーちゃん」
「双子まとめて」
「愛してくれる？」

双子まとめて『カノジョ』にしない？

白井ムク

ファンタジア文庫

3357

口絵・本文イラスト　千種みのり

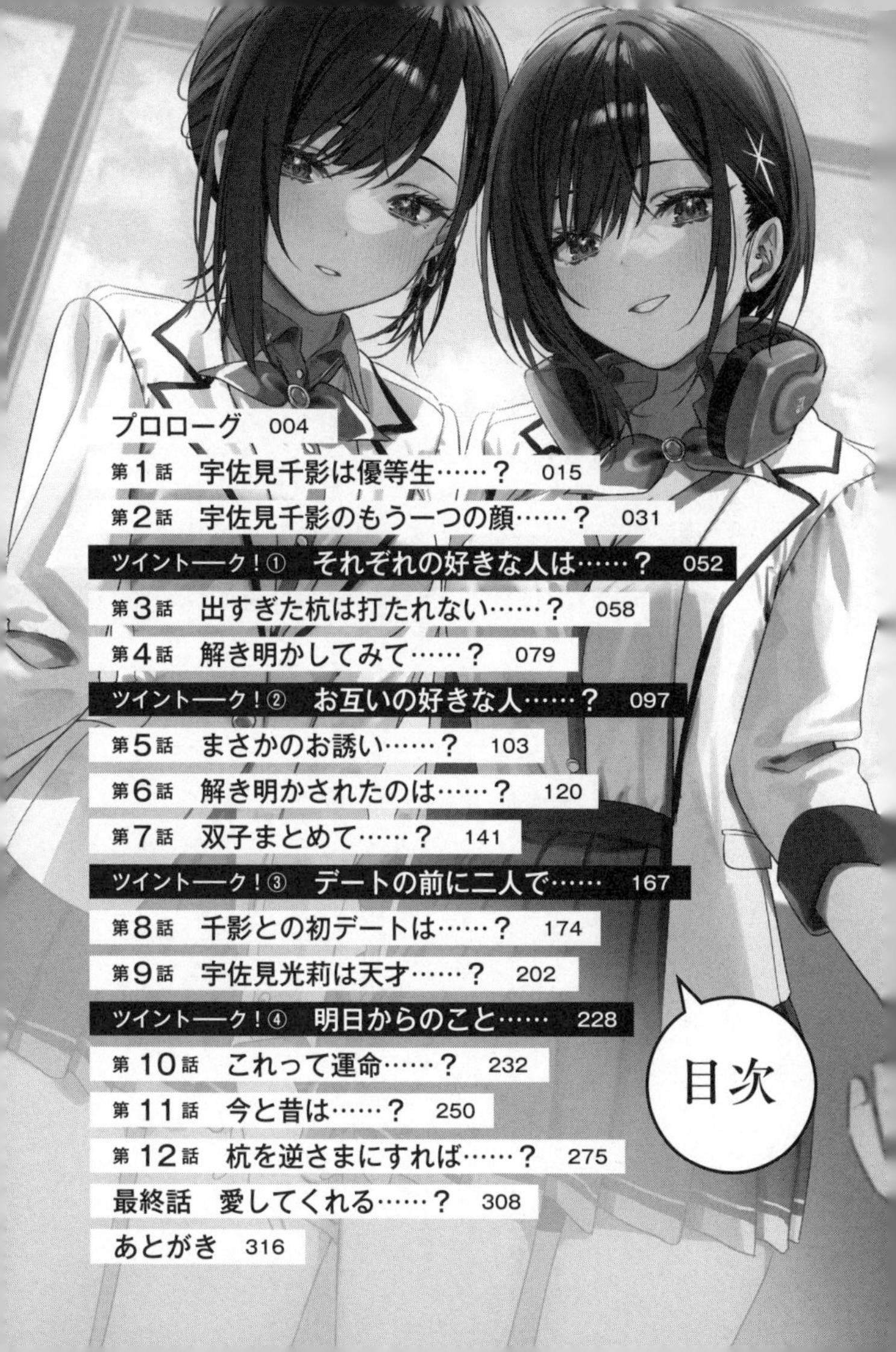

目次

プロローグ

休日の昼過ぎ、駅前のゲームセンターで交際記念プリクラを撮ることになった。

「咲人《さくと》くんはどの機種がいいですか?」

「ん〜……正直こういうのはよくわからないな」

「では、私も不慣れですがここは任せてください」

そう言って、咲人くんこと高屋敷《たかやしき》咲人の右腕に遠慮がちに触れたのは宇佐見千影《うさみちかげ》。

肌は粉雪のように白く、薄桃色の唇は果実のように瑞々《みずみず》しい。

左の横髪をリボンで結《ゆ》わえていて、その下にある白くて小さな耳が可愛《かわい》いのだが、あまりそちら側を見せてくれないのは横顔を見られるのが恥ずかしいからだろうか。いつも咲人の右側に立って、前髪のあいだから、くりっとした大きな目を覗《のぞ》かせている。

そんな清楚《せいそ》で品のある美しさもさることながら、スタイルも抜群で、周りの女子と比べても発育が良く、どこか大人っぽい色気が漂っている。

そのアンバランスなところに魅力があって、咲人はいつもドキドキさせられる。

まさかこんな素敵な子と付き合う日が来ようとは、夢にも思っていなかった。

「……?　なんですか?」

「ああ、いや……いまだに信じられなくて」

「ふふっ、私もです」

普段学校では凛《りん》とした表情や態度で人を寄せ付けない千影なのだが、今は頬を紅潮させ、柔らかな微笑を咲人に向けている。

「こうしていると、とても幸せな気分です」

「いや、そういうことじゃなくて――わっ……!?」

「なになにー？　なんの話をしてたのかな？」

そう言って、咲人の左腕に抱きついてきたのは宇佐見光莉《ひかり》だ。

「い、いまだに信じられないって話をしてたんだ……」

「……？　こうして付き合っていることかな？」

と、光莉は無邪気な笑顔を向けてくる。

このはつらつとした明るさや、好きを全身でアピールする態度は、彼女の純真な心からくるもの。飼い主に甘える子犬のようにスキンシップを求めてくるので、あまり甘やかさないようにと咲人は自制している。

そんなあどけなさのある彼女も、千影と同じくスタイル抜群だ。それなのに本人は無自覚に身体《からだ》をこすりつけたり、押し当てたりするので、これはこれで困る。

油断も隙もなく、咲人はやはりドキドキさせられっぱなしなのだ。

まさかこんな素敵な子と『も』付き合う日が来ようとは――。

（でも……夢じゃあないんだよなぁ……）

絵に描いたような美少女二人に腕をとられ、見たまま、両手に花のこの状態。

すなわち、高屋敷咲人に人生初の彼女ができた――二人も。

なるほど、最高ではないか――と思う前に、知り合いに見られていないかと、咲人はきょろきょろと落ち着かない。

彼女ができて正直嬉《うれ》しいし、素直に浮かれたいし、テンションだって上げたいのだが、さすがに彼女が二人いるとなると、やはり周囲のことが気になってしまうのだ。

本当にこれで良いのだろうか。

二人の女の子と同時に付き合っているこの状態は――

「ちょっとひーちゃん……急に咲人くんに抱きついちゃダメって言ってるでしょ？」

「ふふん、油断大敵。――咲人くん、ちーちゃんばっかり構ったら寂しいなぁ」

そう言いながら、光莉は笑顔で咲人の左腕にムギュッと抱きつく。

「あの、光莉、くっつきすぎだから……」

「そうだよひーちゃん。咲人くんが困ってるよ？」

千影は光莉を窘《たしな》めながらも、咲人の右腕に抱きつく力を強める。

「そうそう、向こうに面白そうなのがあるよ。あの機種にしない？」

「あ、今流行《はや》ってるやつ？　いいかも。――咲人くん、あれにしますか？」

「う、うん……」

光莉が選んだ機種は、四コマ漫画のように縦に四枚のカットが並ぶ『フォトグレイ』というもの。顔面を盛ったりする、いわゆる『四百円整形』の機能はない。

しかし、そのシンプルさや素朴さが絶妙に良いらしく、かえってオシャレ感を出せるから人気なのだと、咲人は『彼女たち』から説明を受けた。

最初の一コマ目。咲人は中心で、その両側を挟むようにして光莉と千影が立ち、彼の腕をムギュッと固めている姿が正面のディスプレイに映し出されている。

彼女たちはまったく同じ顔なのだが、それはこの機械の特殊効果などではない。

双子の美少女姉妹だから当然といえば当然のことだ。

ただ、双子とはいえ性質の異なる二人は、やはり異なった表情を浮かべていた。姉の光莉はいつものニコニコ顔で、妹の千影は緊張気味なのか頬を朱に染めたままだ。

十五分差で生まれたこの二人の性格を分けたのは、その後の環境といったところだろうか。実際、話し方も違えば考え方も違うし、それぞれの持っている魅力も違う。

ただ、今この場で考えていることは恐ろしいほどに一致している。

それは『咲人くん大好き』だった。

「咲人くん、ひーちゃんにちょっと寄りすぎな気がします」

さっきよりもむっとした表情の千影が、咲人の右腕をムギュギュッと引っ張った。

「いや、光莉が引っ張るからで……」

「もっと私のほうに寄ってください。遠慮なく、ここぞとばかりに」

「わ、わかった……」

しぶしぶ、ここぞとばかりに咲人が寄ろうとすると、今度は逆の左腕がムギュギュギュッと引っ張られた。

「咲人くん、ちーちゃんに寄りすぎだよ？　もっとこっちに来てほしいな」

千影と対照的に光莉の表情は明るく、咲人をからかうような悪戯《いたずら》っぽさがある。

「いやいや、今がちょうど中心くらいじゃないか……？」

「ううん、もっとうちのほうに寄ってほしいなぁ。えっと……これみよがしに？」

「わ、わかった……」

これまたしぶしぶ、これみよがしに咲人が寄ろうとすると、今度は千影が許さない。

「ちょっとひーちゃん……咲人くんの独り占めはダメって決めたよね？」

「ちーちゃんも人のことは言えないんじゃないかな？」

眉根を寄せる千影に対し、光莉は余裕と言わんばかりの笑顔で構えた。その背景には、龍と虎――ではなく、ハリネズミとオコジョが浮かび上がる。

双子がそんなやりとりをしている中、咲人は顔を真っ赤にしていた。

意識をどこに向けたらいいのかわからずに狼狽《うろた》える。というのも、この個室、フォトグレイの撮影機に入る前から、ずっとムギュギュギュギュなのだ。

しかもムギュの勢いがどんどん増している。

自分を取り合って、今まさに姉妹喧嘩《げんか》の火蓋が切って落とされようとしている。これは由々しき事態だ。二人の彼氏としてなんとかしなければならない。わかっている。

それなのに柔らかい。

状況をグラフに当てはめると、双子姉妹の「言い争い《秒》」と「胸の柔らかさ《ニュートン》」は比例し、原点ゼロから右肩に向かって果てしなく直線が伸びていく。

そこで咲人は考えた。

こいつぁマズい、理性がぶっ飛ぶ、と。

そうして、咲人の本能がちょっぴり顔を出しそうになったとき、いよいよ意識がこの場を離れた——

——して。

見たところ咲人はどこにでもいる人畜無害な高校生。いわば「モブ」である。

私立有栖山《ありすやま》学院高等学校を受験し、無事に入学を果たしたのは今年の四月。そこから一ヶ月半余りが過ぎたあたりまでは、咲人は取り立てて脚光を浴びないモブ野郎として、友人もなく、教室の備品の一つのように、すっかり教室の風景に溶け込んでいた。

しかし、それは『出る杭《くい》は打たれる』を自戒にしている咲人の望むところだった。

よって、クラスメイトたちから「珍しい苗字《みょうじ》だなー」くらいに思われているのみで、咲人は順風満帆なモブライフを満喫していたのである。

——ところが。

なんの因果か、この美少女双子姉妹といっぺんに付き合うことになったのである——

——咲人の意識が戻ってきた。

いまだに言い合いをしている二人を見て、咲人はとある使命感にかられた。

今ここで為《な》すべきことは、過去を悔やむことではない。この撮影機内で起こっている問題を、どのように解決するかということ。

この姉妹喧嘩を止め、なおかつ自分の立ち位置を確立するには——

「——わかった。じゃあこうしよう」

まず、咲人は腕を双子のあいだから引き抜き、その柔らかさの拘束から逃れた。

これによって、より冷静な状況判断が可能になる。多少名残《なごり》惜しいところもあるが、ここは致し方ないと咲人は自分に言い聞かせた。

次に、空になった双子の腕と腕を絡《から》め、姉妹同士で腕を組ませる。こうすることで、たった今まで喧嘩していた二人を、まるで仲良しな双子姉妹風に見せることに成功。

さらに、咲人は彼女たちの後ろに立った。そうして二人の顔のあいだから、見えるか見えないかぐらいのギリギリのラインで顔を出す。

すると、なんということだろうか。

咲人は、仲良し双子姉妹に連れ添ってやってきたという「ついで感」を演出することに成功したのである。

これにて万事解決。咲人は安堵《あんど》のため息を吐《つ》いて、満足そうに微笑を浮かべた。

「ほら、これでいいだろ？　はい、二人ともー、レンズのほうを向いてー……」

あとは自動的にカメラのシャッターが下りるのを待つだけ――

「『これは違ぁあああ――――――――――――う！』」

――これは違うらしい。

とりあえず、カメラのシャッターは「これは『違ぁ』」のタイミングで下りた。

撮り直しかと思いきや、これはこれで面白いということになって、『付き合い始めた記念写真』の記念すべき一コマ目に採用された。

残りはというと――

『咲人《さくと》、光莉と顔が急接近』

『咲人、千影《ちかげ》をお姫様抱っこ』

『けっきょく三人でイチャイチャ』

――の三枚となった。

できあがったフォトグレイを見て咲人は頭を抱えた。

まかり間違ってこんなものが流出したらどうなってしまうのだろうか。

（本当に彼女が二人もいていいのか……？　マズいから秘密にするんだけど……）

咲人は双子姉妹をそっと見た。

「上出来だね！　喜怒哀楽っていうより『怒嬉《どき》ラブキュン』って感じかな」

「うーん……ひーちゃんのほうが可愛《かわい》いかも……いいなぁ、もっかい撮りたい……」

「ちーちゃんのもすごく羨ましいなぁ。やっぱりお姫様抱っこは理想だよ――」

と、お互いに羨ましがる双子姉妹を見て、咲人は微笑を浮かべた。

（……ま、いっか）

本来ならば正々堂々と。

しかし、人には言えない秘密を抱えるのも、案外楽しいのかもしれない。


――して。

咲人、光莉《ひかり》、千影――この三人は付き合うことになったのだが、こうなった理由をつまびらかにするには、咲人がこの双子姉妹と関わるようになる少し前に遡る必要がある。

それは新緑《しんりょく》の季節。

桜が散り、青葉萌《も》ゆる日の午後。

中間テストの結果が廊下に貼り出されたときのことだった――

第1話　宇佐見千影は優等生……？

梅雨入りする前の五月二十五日水曜日。

四時間目の授業が終わって昼休みになったばかりのころ、廊下の壁に中間テストの順位表が貼り出されようとしていた。

順位表は、この有栖山学院高等学校に古くから残る慣習の一つ。

ひと学年約二百四十名——そのうち上位五十名の氏名と、全教科の合計点数（実技教科は除く）が定期テスト、実力テストごとに貼り出される。

ちょっとしたイベントのようなもので、すでに三十人ほどの生徒が集まっていた。

そのとき咲人は、今か今かと待ち構える生徒の波に揉《も》まれながら、いかにも眠そうな顔で突っ立っていた。体育のあとの国語総合はキツすぎる。おまけにこの人混みで酸欠になりそうだ。もったいぶらずに早くしてほしい。

あくびをしながら待っていると、順位表の前にいた橘《たちばな》冬子《ふゆこ》が周囲に睨《にら》みをきかせた。

「撮影禁止！　ＳＮＳ等にアップするのも禁止だ！」

橘は咲人のクラスの担当ではないが、数学科で生徒指導担当の教員である。

職務熱心で厳しい美人教師で、一部の生徒たちのあいだでは、ピンヒールで踏まれたい

（？）とひそかに言われている――あくまで、一部の生徒たちの願望である。

「では、順位表を開く！」

いよいよ順位表が開かれた。

五十位、四十九位、四十八位――と、後ろから順に一位へと進んでいく。

すると、ざわめきが廊下の先まで響きわたった。その声に呼ばれたかのように、教室からぞろぞろと生徒たちが出てきて、いよいよ大混雑になる。橘やほかの教師たちが先ほどの注意を繰り返すが、大勢の声にかき消されていた。

喧騒《けんそう》の中、順位表を見終わった咲人は、あくびにも似た安堵のため息を吐いた。

（八位か……ま、とりあえず十位以内、八位なら上々だ）

結果がわかれば長居は無用。さっさと学食へ向かい始めると――

「高屋敷《たかやしき》くん、ちょっといいですか？」

聞き覚えのある少女の声が響いた。

いちおうは顔見知りなので、咲人は驚かずに振り向く。

が、思わずひやりとした。

──宇佐見《うさみ》千影。この有栖山学院ではちょっとした有名人だ。

べつの中学出身だが、中三のとき同じ塾に通っていたので面識はそれなりにある。そのころから美少女だと咲人は思っていたが、高校に入ってさらに磨きがかかり、一年の中でも特に目立つ存在になっていた。容姿はおそらく学年一ではないだろうか。

学年一ついでに言えば、彼女は首席合格者でもある。今回の中間テストも学年一位だったことは、先ほど順位表で確認済みだ。

美貌と頭脳──。

どちらも秀《ひい》でている彼女に、咲人も興味がないわけではない。クラスがべつべつになったことは残念だが、同じ外部生同士で仲良くなりたいとも思っていた。

その宇佐見千影が、なぜか鋭い目つきで睨んでくる。

俺はなにかやらかしたのだろうか。怒られるようなことはなにもしちゃいないがと、咲人は思った。怒りながらゆっくりと近づいてきた。美人が怒るとなかなか迫力がある。

とりあえず、咲人はわずかに微笑《ほほえ》んで軽く右手を上げた。

「こんにちは、宇佐見さん」

「こんにちは……じゃないです！」

「お、おう……なんでプリプリしてるの？」

「プ、プリプリなんてしてません……！」

プリプリしている人がプリプリしていないとプリプリしながら言う感じだった。

「じゃあプリ……じゃなくて、どうしたの？」

「どうしたの、はこちらのセリフです！　なんですか、あの順位表の結果は⁉」

と、宇佐見は不機嫌そうな顔で腰に手を当てた。学年八位に不満があるのだろうか。

「なんですかって、八位だったよ？　宇佐見さんは一位だったね。おめでとう」

咲人は微笑を崩さずに落ち着き払った調子で言うが、宇佐見はまたプリプリと怒る。

「おめでとうじゃないです！」

「えっ？　一位なのにおめでたくないの？」

「わ、私の話ではありません！」

宇佐見は逆三角形に吊《つ》り上がった目で咲人の目を見る。咲人もじっと見つめ返した。彼女の言いたいことはなんだろう。なぜ怒っているのだろうか。

空白のひとときのあとで、宇佐見は短いため息を吐いた。

「……どうしてですか？」

怒りが失われ、どこか残念そうな感じに聞こえた。

「……？　なにが？」

宇佐見は表情を凛々《りり》しく引き締め直した。

「……どうして、本気を出さなかったんですか？」

完全に虚をつかれ、咲人は戸惑った。

「あの……本気、というのは？」

「あなたの本当の実力です」

「えぇっと……つまり？」

「その気になれば一位になれたはずなのに、その気にならなかったのはどうしてですか？　もしかしてわざと？　わざと手を抜いたんですか？」

宇佐見の口調は疑問を投げかけながらも、明らかに咎《とが》めている風だった。

「手を抜いたって、言っている意味がよくわからないんだけど……」

と、咲人はポケットに手を突っ込んで苦笑いを浮かべた。宇佐見はそれ以上追及せず、黙ったまま咲人の目を覗《のぞ》き込む。今度は咲人が視線を逸《そ》らす番だった。

「いや、これでも頑張ったほうなんだけど、問題数が多くて……けっきょく時間切れ」

「……時間切れ？」

「ああ、有栖山《ありすやま》学院の洗礼を受けたって感じさ。やっぱり中学とは違うね」

咲人は肩をすくめてみせたが、宇佐見は訝《いぶか》しむような目で見つめてくる。ここはきちんとコミュニケーションを取るべきか――

「そうだ！」

「……？　な、なんですか？」

「唐揚げ定食」

「え？　唐揚げ定食……？」

宇佐見は一瞬で気の抜けた顔になった。

「今日の学食の日替わりランチ。これがかなり絶品なんだ」

「それが、なんです……？」

「よかったら一緒に行かないか？　奢《おご》るけど？」

と、咲人は屈託のない笑顔を向けた。途端に宇佐見の顔が真っ赤になる。もじもじと身体《からだ》を揺らしながら、リボンで括《くく》っている横髪を指で撫《な》で始めた。

「私、お弁当があるので、その……高屋敷くんとご飯に行くのは、興味はあるんですが……あってですね……」

急に彼女の様子が変わったことに、咲人は違和感を覚えた。

どうして照れているのだろうか。というよりも、さっきまで怒っていなかったか。

「えっと、学食は嫌かな？」

「そうではなく、カップルなら二人でランチというのも有りだと思うんですが……」

そういう視点はなかった。咲人《さくと》は顎に手を当てる。

「なるほど……宇佐見さんを学食に誘うにはカップルにならないとダメってことか……」

ポツリと呟《つぶや》くと、なぜか宇佐見は慌て出した。

「ええっ⁉　それは、つまり、アレですか⁉」

「……アレ？」

「だから、その……た、高屋敷くんは私とカップルになりたいという意志があるということですかっ⁉」

咲人はずり落ちそうになった。

「あー違う違う……条件というか、ハードルが高いなぁと思って。カップルにならないと学食に誘うのは無しってことだろ？」

冷静に返すと、彼女はさらに真っ赤になって怒り出す。

「だ、男女でランチとは、そういうものなんですっ！」

「そ、そういうものなのかぁ……」

咲人は理解にひどく苦しんだ。ただ、言わんとしていることはなんとなく理解できる。

男女が二人きりで親しくランチを食べていたら、当人たちの関係性はどうあれ、他人の目にはカップルに映ってしまう可能性があると言いたいのだろう。

（べつに気にしなければいいのに……）

いったんはそう思ったが、咲人はもう一度考え直した。

たしかに、学食で二人きりは目立つし、カップルに見られるリスクもある。それも宇佐見千影《ちかげ》ならなおさら目立つだろう。変な噂《うわさ》を立てられたくないし、『出る杭《くい》は打たれる』を自戒にしている咲人の望むところではない。やはり誘うべきではなかったか。

「宇佐見さんは、周りに誤解されたくないんだね？」

「それはそうですが……たしかに恋愛漫画だと周りに誤解されたままカップルになるパターンもありますので……」

「いきなり誘ってごめんね」

「あ、でもでも！　それもやぶさかではないと言いますか――……へ？　ごめん？」

「じゃあ、また機会があったら誘うよ――」

と、咲人は宇佐見に背を向けた。

軽率すぎたかもしれない。宇佐見に限らず、こういうことはきちんと順序立てて、段階を踏んでいかないといけないのだろう。一足飛びに食事に誘うのではなく、まずは気軽に話せる関係になってから。

そう考えを改めて咲人が歩き始めると――

「ちょっと待ってくだ……――きゃあっ！」

咲人は宇佐見の悲鳴に驚いて振り返り、「おっ――」と口を開いた。

なぜか彼女はバランスを崩して、前のめりに倒れそうになっている。慌てて胸で受け止めると、彼女の左耳から横顔がトンと胸の中心に当たった。

「――っと！　……ふぅ～、危なかった。……宇佐見さん、大丈夫？」

「は、はいぃー……」

「……？　どうしたの？」

「あの、えぇっと……背中を押されて……」

宇佐見の背後を見ると、順位表に群がる生徒たちの背中が見えた。おそらく無自覚に彼女にぶつかってしまったのだろう。

が、そこで咲人は急速に状況を理解した。思いがけず、左手は彼女の腰に、右手は頭に伸びて、正面から抱きしめる格好になっていたのだ。

胸で宇佐見の体温を感じる。指通りのいいさらさらの髪から、ふわりと女の子特有の甘い香りがすると、心臓が激しく脈打った。

宇佐見が自分で立てるとわかると、咲人はすぐに離れた。

「じゃ、じゃあ、気をつけてっ！」

「は……はいぃ～……」

顔を紅潮させて立ち尽くす宇佐見を置いて、咲人は足早に立ち去った。

＊　＊　＊

(宇佐見さんか……)

学食で唐揚げの衣をつつきながら、咲人は先刻あったことを思い返していた。

アクシデントとはいえ、彼女を抱きしめる格好になってしまった。不快に思われただろうか。彼氏でも、親しいわけでもない男にそんなことをされて——

「それってさ、たぶん一組の宇佐見さんのことだよね？」

不意に後ろからした女子の声に、咲人はビクッと反応した。

「去年の全国中学三年生統一テスト一位の人って、うちに入学したんでしょ？」

「ま、首席合格だったし、今回の定期テストも一位だったし……宇佐見さんかもね？」

先刻の出来事の話ではない。

咲人は静かにため息を吐《つ》くと、少しだけ後ろの会話に聞き耳を立てた。

「平均九十七点とかヤバくない？　外部生でしょ？」

「聞いた話だと、中学はフツーの公立だってさ」

「「「マジィ……⁉」」」

後ろの席には女子が四人。この話しぶりから内部生の一年生だろう——

有栖山学院は幼・小・中・高一貫で、生徒のほとんどがエスカレーター式で上がってきた者たちだ。彼ら内部進学者のことを内部生と呼ぶ。対義語は外部生——つまり、宇佐見《うさみ》や咲人のように、高校受験で途中から入ってきた者たちはそう呼ばれている。

割合的には、全体の約八割が内部生で、外部生は約二割といったところか。

そんな外部生と内部生とのあいだには、目には見えない壁がある。

この広い学食を見渡してみても、内部生と思《おぼ》しきグループ、外部生と思しきグループに分かれて座っている感じだ。

内部生には内部生としての矜持《きょうじ》があって、外部生には外部生としての自負がある。それらがせめぎ合って、このようなぬるりとした壁が築かれたのだろう。

そんな中で、宇佐見千影の存在は極めて目立つ。

首席合格の外部生、学年一位。

これがなにを意味しているかと言えば、ここまで徹底的に学力を鍛えられた内部生たちよりも、ぽっと出の外部生のほうが実力は上だったということだ。

新入生約二百四十名のトップが外部生という状況は、あまり芳《かんば》しくない。しかもあの美しい容姿だ。男子生徒と廊下で話しただけで噂が立ってもおかしくない――

今も宇佐見について彼女たち内部生が噂している。

やはりというか、この話しぶりだと感心している風でもなさそうだ――

「天才ってやつ？　地頭《じあたま》が良《い》いっていいなぁ～……」

「ＩＱの高さって、親の遺伝とかでしょ？　確か五十％くらいだっけ、遺伝するの」

「おまけにめっちゃ可愛《かわい》いし、スタイルいいし……」

「頭良くて可愛いとかズルくない？」

それは少し違う、と咲人は思った。

もともとの容姿はどうあれ、頭の良さは宇佐見が努力した結果にほかならない。そのことを同じ塾生だった咲人は知っている。

中三のとき、塾で彼女は必死に机にかじりついていた。誰よりも真面目に授業を受け、誰よりも熱心に講師に質問に行って、ひたすら勉強していた。

どうしてそこまで執念深く勉強するのだろう。

そんな感じで、周りは引いた目で見ていたが、宇佐見はいつも一生懸命だった。

そうした努力が実り、彼女は首席合格を果たした。それからも学年一位という結果を継続している。まさに「継続は力なり」を体現している人でもあるのだ。

だから宇佐見に好感が持てた。仲良くなって教えてもらいたい。

胆力とも言うべきか、その強さ、メンタリティはどこから来るのかを——

けれど、それは先刻の出来事で難しくなった。

これで性格が最悪だったらさっさと諦められたかもしれないが、彼女は人間味があるし、リアクションも大きいし、可愛い仕草だってできる。

そんな、非の打ち所がない素敵な人だ。やはり仲良くなりたい。

ふと、咲人の脳裏で先刻の言葉が蘇《よみがえ》る——

『……どうして、本気を出さなかったんですか？』

あの言葉は真《ま》っ直《す》ぐだった。

せっかくライバルだと認めていた相手に対し、残念だ、本気を出してほしいと訴えるような感じにも聞こえた。

逆に、本気を出せば仲良くなれるのだろうか。浅はかにもそんなことを考えてみた。

けれど、本気を出せない事情がある。

出る杭は打たれるのだ。

打たれて心が折れた人間は、その痛みを知っている——

「でも、あの子ってさ……なんかさー、裏の顔とかありそうだよね？」

「あ、それわかるー！」

「てか、面白い噂があってー……——」

こそこそと話して笑い合う声がして、咲人はそっとため息を吐いた。

(けっきょく、どこも変わらないんだな……)

咲人は、冷たいほうじ茶を口にしながら、無視してやりすごすことにした。

(……しかし、どうして宇佐見さんは俺に話しかけてきたんだろ？)

同じ塾で、同じ外部生で——それだけの接点しかない。ライバル意識だろうか。

そんな疑問をもちながら、咲人は唐揚げを一口噛《か》んだ。香ばしい匂いとともに、旨味《うまみ》たっぷりの肉汁がじゅわっと口の中に広がっていく。すると――

「あ、あのっ……！」

唐揚げが喉に詰まりそうになった。

横を向くと、宇佐見が真っ赤な顔で立っていたのだ。咲人《さくと》はほうじ茶で唐揚げを無理やり胃袋に流し込む。

「……う、宇佐見さんっ⁉」

「あの、伝え忘れてました！」

動揺しながら周りを窺《うかが》うと、さっきまで噂していた後ろの女子たちが黙り込んでいた。

急なことに驚いているのだろう。

「つ、伝え忘れたことって……？」

本当の実力うんぬんの続きだろうか。咲人は少し身構えた。

「さ……先ほどは、ありがとうございました！」

「え……？　なにが……？」

「で、ですから、さっき倒れそうなところを抱き――」

「あ、ああ！　そういうことねっ⁉　ぜんぜん！　気にしなくていいよ！」

咲人は慌てて宇佐見の言葉を遮った。抱き止めて、のようなワードが彼女の口から飛び出たら、それこそあらぬ噂《うわさ》が飛び交うかもしれない。なんて危うい人だ。

「……わざわざ、そのお礼を伝えるために？」

「は、はい！　それじゃあ私はこれで――」

それだけ言って、宇佐見はいそいそと学食から去っていった。

その後ろ姿をぼんやりと眺めていたら、後ろからまたひそひそと声が聞こえた。噂を気にするのもバカバカしいぐらいに、咲人は清々《すがすが》しい気分だった。だから――

「宇佐見さんってほんと優しい人だよな。真面目で努力家だし、俺も見習いたいな」

と、わざと大きめの声で言った。

なんだか、彼女の本当の姿を知っているという自信がついた。

それと同時に、これから彼女と仲良くなれるのではないかという希望が芽生えた。

第2話　宇佐見千影のもう一つの顔……？

事態が急変したのは、宇佐見と話した二日後、五月二十七日金曜日の放課後だった。

あれから何度か宇佐見を遠目で見たが、話す機会はなかった。どこかで接点を持ちたいと思っていても、下手に近づいて下心があると思われるのも本意ではない。

いったいあの出来事は夢だったのだろうか。

駅に向かって歩きながら考えると、街路樹の立ち並ぶ大きな通りに出た。

有栖山《ありすやま》学院がある結城《ゆうき》市《し》桜ノ町は、オフィスビルや商業施設が立ち並ぶ都会だ。利便性はいいし、娯楽は多いし、欲しい物はだいたい手に入る。

ただ、朝夕のラッシュ・アワーは非常に煩《わずら》わしい。

咲人と同じ帰宅部員のほとんどが、放課後に課題を済ませて帰るのは、この時間帯を避けたいという理由もあるそうだ。

そんな煩わしい時間帯に咲人はそそくさと帰る。

家で漫画やゲームたちが待っているからで、いつも眠たそうな目をしているのはそのため。高校に入ってから夜更《よふ》かしが増えたことは、離れて暮らす母に内緒にしている。

（そういえば、みつみさん、今日は遅いって言ってたな……）

咲人は現在、母の妹、つまり叔母である木瀬崎《きせざき》みつみの家に居候《いそうろう》させてもらっている。

だから家事もそれなりに手伝ってはいたが、みつみからは「学生は学生らしく学生していなさい」と言われていた。要するに、勉強と遊びが学生の仕事だと言いたいらしく、彼女が家にいるときは家事の手伝いを断られていた。

一方で、みつみは仕事で忙しくしている。収入が高い弁護士でも、労働時間が長い。結婚については夢のまた夢と半ば諦めたように言っていた。

そういう事情もあって、居候の身としては家のことをするのは当然の所作だと思っていた。かえってなにもしていないほうが心苦しい。

あまり料理は得意なほうではないが、今日は夕飯の支度をしよう。今晩はなににしようか。冷蔵庫に入っている食材は――。

そんなことを考えているうちに、駅の近くまでやってきた。

――すると。

駅前のゲームセンターに入っていく一人の少女に目が吸い寄せられた。

(あれは、宇佐見さん……？　いや、でも……)

大きな違和感に襲われて急に立ち止まった。

正面から歩いてきた女性二人が、咲人の動物的な眼球の動きを見て、恐ろしそうに、さっと横に避けて通り過ぎていく。

（今の……やっぱり宇佐見さん、だよな……？）

記憶をすり合わせてみる。

校則通りに制服を着て、左の横髪をリボンで括《くく》っているほかは、少しも派手な様子もない凜《りん》とした態度の人——それが咲人の知っている宇佐見千影《ちかげ》の姿だった。

ところが今目撃した宇佐見千影は——制服をだらしなく着崩し、結っている髪を下ろし、化粧の有無は遠目でわからなかったが、首にヘッドホンをかけていた。

しかも、校則で放課後に寄ることを禁止されているゲームセンターの中へ——。

さすがに見間違いかもしれないと咲人は思った。

あの真面目で努力家な宇佐見が、校則を破ってゲームセンターに行くとは考えにくい。

彼女にそんな一面があるとはどうしても思えない。

しかし見間違えるだろうか。

それに、制服は有栖山学院のものだった——

『でも、あの子ってさ……なんかさー、裏の顔とかありそうだよね？』

『てか、面白い噂があってー……——』

学食で女子四人組が話していたときの言葉が脳裏をかすめた。宇佐見《うさみ》に裏の顔があろうと自分には関係ないが、もしも今のが本当に彼女だったら——

（確かめてみるか……）

好奇心が咲人の足を進めた。

＊　＊　＊

有栖山学院の校則では、下校時にカラオケやゲームセンターのような娯楽施設に入場することは禁止になっている。

ただ、校外であれば教育上の裁量権の範囲外。そういった法律があるわけでもない。

だが、誰も校則を破る者はいない。

もともと入学する生徒の気質が真面目なのと、もしも見回りの教師に見つかれば面倒なことになると知っているからだ。だから、結果的に校則を守っているだけで、面倒ごとは避けるに限るというのが、有栖山学院に通う生徒の共通認識だった。

その暗黙の了解を破って、咲人はゲームセンターに足を踏み入れた。

すでに他校の高校生でひしめき合っていた。

圧倒的に女子率が高いのは、一階から地下にかけてプリクラ機があるからだろう。

その中に有栖山学院の制服は見当たらない。地下に行ったのだろうか。

キョロキョロとしていると、派手な髪をした女子高生二人組が近づいてきた。

そのうちの一人、ウェーブがかかった長い髪に、メッシュ状にスモーキーグレーが入っている、すらりと背の高い少女が咲人に一歩近づいた。ムスク系の香りがする。

「へ～、めずらしー」

彼女は咲人の顔を値踏みするように見た。からかっている風でもなく、どちらかと言えば興味がありそうな顔をしている。

「ごめんごめん、有学《ありがく》（有栖山学院）の人って、ここでたまーにしか見ないからさぁ」

「そうなんだね」

と、咲人は思わず苦笑し、チラリともう一人の少女を見る。

スモーキーグレーの少女と一緒にいたウルフヘアの少女は、髪のインナーを鮮やかなピンクにしていた。背は低いほうだが、顔立ちのはっきりした可愛《かわい》らしい子である。

「うちら二年だけど、君は？」

「……一年です」

「って、急に敬語になんなしー！　タメ語でいいって～」

スモーキーグレーの少女は気さくな感じで言った。

「……なら、そうさせてもらうよ」

「インスト用に一緒に写真撮ってもいい？　記念的な……あ、その前に君の名前――」

「いや、それは勘弁してほしい。うちの学校、なにかとうるさいからね」

と、名前を訊《き》かれる前に、咲人は苦笑いで遮っておいた。

拡散されると非常に困る。学校帰りに制服でゲームセンターに行って、しかも他校の女子と遊んでいたという噂が回るのだけは避けたい。

スモーキーグレーの少女は口を尖《とが》らせた。

「じゃあせめてインスト交換しよーよ？」

「ごめん、インストはやってないんだ」

「え～？　じゃあＬＩＭＥは？」

「あの……その前にちょっといいかな？　人を探しているんだけど……有栖山学院《うちがくいん》の制服を着た女子を見なかったかな？」

インナーピンクの少女が「はいはい」と手を上げた。

「その子なら知ってるかもー！　今日はまだ見てないけど、その子ならたまに見るよー。ヘッドホンの子だよね？」

「ああ、うん……」

宇佐見かどうかはわからないが、ヘッドホンをした有栖山学院の女子は、たまにここに来ているらしい。

「その子、どこにいるかわかるかな？」

「たぶん二階じゃないかな？　いつもそっちに行くし」

そこまで情報を得たところで、スモーキーグレーの少女が面白くなさそうに口を開く。

「もしかして、その子って、君の彼女さん？」

「いや、違うよ」

「ふうん……。の割にはなんか必死だね？」

「いや、そんなことないと思うけど……」

咲人《さくと》は苦笑いでそう言って彼女たちに背を向けた。

「それじゃあ、ありがとう。ちょっと二階に行ってみるよ――」

「え……あ、ちょっと！　LIMEの交換はーっ⁉」

「ごめん、機会があれば、また！」

と、逃げるように咲人は二階へ向かった。

＊＊＊

二階はパズルゲームや格闘ゲーム、麻雀《マージャン》ゲームなどの、いわゆるアーケードゲーム機が並んでいるフロアだ。一階とは打って変わって、男の割合が一気に増える。

しかし、本当にここに宇佐見がいるのだろうか。

見回すと、中央に台がずらりと並んでいる一角に、やけに人が集まっていた。

「くっそ～……！　また負けたぁ――――っ！」

と、ニットキャップをかぶった大学生くらいの男が椅子から荒々しく立ち上がった。

ニットキャップがやっていたのは『エンド・オブ・ザ・サムライ3』（略してエンサム3）の筐体《きょうたい》だった。なかなかシブいセンスだ。

エンサムシリーズは、幕末の日本を舞台にした対戦ゲームである。

登場するキャラクターたちは新撰組《しんせんぐみ》隊士を中心として、坂本《さかもと》龍馬《りょうま》やら岡田《おかだ》以蔵《いぞう》やら、他にも多少マニアックな剣士たちが勢揃《せいぞろ》いしている。

eスポーツの影響か、最近になって人気が再燃してきたらしい。家庭用機でオンライン対戦も可能で、いつでも世界中のプレイヤーたちと対戦できる。

ただ、アーケード好きのコアなファンたちは、いまだにこうして筐体で戦いたがる。彼ら玄人《くろうと》の気持ちは、一時期エンサム3をやり込んでいた咲人もわからなくはない。

むしろ、時間があって制服を着ていないときなら対戦したいくらいだ。

「だっせー、負けてやんのー」

「うっせ！　だったらお前も対戦してみろ！」

ニットキャップは苛立《いらだ》ち混じりに言い返した。連れと思《おぼ》しきロン毛の男は、腕まくりするフリをして、椅子に座ってコインを投下する。

「よっしゃ。じゃあ次、俺の番な――」

当てが外れたようで、咲人はため息を吐《つ》いた。引き返そうとした、そのとき――

「しっかし、あの琴《こと》キュン使いのJK、すげぇな……」

誰かが発した一言がきっかけで、咲人の足がピタリと止まった。

琴キュンというのは、エンサムシリーズに登場する中沢琴《なかざわこと》という女性キャラだ。琴キュンの愛称で呼ばれ人気が高く、スピードとトリッキーな動きが特徴的だ。

新徴組《しんちょうぐみ》という浪士隊に参加していた実在の女剣士で、女性でありながら男装して戦っていたらしい。

（琴キュン使いのJK……まさか……）

ロン毛たちがいる筐体の反対側に回り込む。すると、見物人たちが一点を見つめるようにして、半円を描くように取り囲んでいる。そのあいだから急いで覗《のぞ》き込んだ。

果たして、探し求めていた少女が、慣れた手つきでコントローラーを操作していた。

「っ……⁉ 宇佐見さん……⁉」

その横顔を見るや否《いな》や、咲人の口から声がこぼれた。

しかし、彼女は咲人のほうを見向きもしない。ただ黙々と手を動かし、瞬《まばた》きもせずに目の前の画面に集中している――が、彼女の口がわずかに動いた。

「……？ 悪いけど、今、対戦中だから……」

「ごめん、いや、それよりも――」

「対戦したかったら、向こう側に回ってほしいな。それが嫌なら話しかけないでね」

邪魔をするなと言われた気がした。周りの見物人たちもギロリと睨《にら》んでくるので、咲人は口をつぐむ。けれど、彼女に訊きたいことが山ほど出てきた。

このくだけた格好と、慣れた感じのコントローラーの操作、そして明らかにゲームセンターに通い慣れているこの感じはなんだ。口調まで、普段とは違う。

いろいろ訊きたいところだが、この様子だと当分終わりそうにない。

（対戦したかったらか……なるほど）

　咲人は息を吐いた。

「……わかった。じゃあ対戦して俺が勝ったら、少し話さないか？」

「それってナンパかな？」

「いや、そういうつもりはないけど訊きたいことがあって――」

　すると画面に派手なエフェクトが現れた。宇佐見《うさみ》の操作するキャラクター、中沢琴の超必殺技が発動している。

「ふぅん……いいよ、面白そうだし。うちに勝てたらの話だけどね？」

　横髪で隠れてはっきりとは見えないが、彼女は笑っているように見えた。

＊　＊　＊

　先ほどのロン毛があっさりと負けて、咲人に順番が回ってきた。

　咲人は筐体の前に座ると、コインを入れてさっそくキャラクターの選択画面に移った。

　ダイアグラムで判断すれば、中沢琴の苦手とするペリーか、同じトリッキーな動きをする沖田総司を選ぶところだが、咲人はあえて動きの遅いパワー型の近藤勇《こんどういさみ》を選択した。

「ケッ……こいつ、シロートかよ……逆だよ逆。パワー型選んでどうすんの？」

後ろから馬鹿にしたような声がした。エンサムの場合、スピード型が苦手とするのは、スピードとパワーのバランスがいいバランス型。つまり、宇佐見の中沢琴に対し、パワー型の近藤勇は圧倒的に不利になる——が、咲人は気にせず、目の前に集中した。

いよいよ対戦が始まった。

最初の展開は、中沢琴のトリッキーな動きに翻弄される近藤勇。なんとか防戦一方で堅い守りを見せていたが、周囲の予想通りに中沢琴が優勢だった。

勝負が動いたのは一瞬だった。

画面端に追いやられた近藤勇が立ちガード。刹那、中沢琴がしゃがんだ。合わせてしゃがもうとする近藤勇だが、ほんの数フレームの遅れ——その一瞬が全てだった。

（うわっ……。この感じ……宇佐見さん、相当やり慣れてるな……）

咲人は諦めてコントローラーから手を離す。この一撃が入るともはや手遅れなのだ。

中沢琴の下弱キックが入り、そこから立て続けに技が決まっていく。最後に中沢琴の超必殺技『弐式《にしき》・百花繚乱《ひゃっかりょうらん》』が発動し、派手な演出とともに近藤勇は宙に浮いた。

まさに教科書通りのコンボの流れだった。

入力ミスもなく、体力ゲージの六割を奪い取られる結果だった。

だが、近藤勇が地面に落下し始めると——

（――さて、いくか）

咲人の目がかっと見開かれ、途端に手がコントローラーに戻った。

そこから高速でコマンド入力を開始すると、このあと地面に倒れて伸びるはずだった近藤勇が、ワンバウンドで急速に立ち上がった。

「なぁっ⁉　『近藤《こんどう》バッタ』だとっ……⁉」

誰かが叫んだとき、すでに近藤勇は中沢琴の背後に回り込んでいた。

立ち強パンチから連続で技が繋《つな》がり、画面端で中沢琴が宙に舞う。

そして、中沢琴が地面に落ちる前に近藤勇の強タックル。ダメージをくらいながら宙に投げ出される中沢琴。近藤勇の強タックル――宙に浮く中沢琴――強タックル――宙に浮く――この流れが終わる気配はない。

咲人の背後でどよめきが起こった。

「『近藤バッタ』からの『ハメタックル』⁉」

「マジか……⁉　実戦で初めて見たっ！」

「こいつシロートじゃねぇの……⁉」

じつは、すでに布石は打っていた。

咲人は、体力ゲージを削られないようにしながら、壁際《かべぎわ》まで追い込まれるふりをしていたのだ。つまり、さっきのコンボはわざとくらった。相手の油断と隙を誘うために。

そして、玄人が呼称する『近藤バッタ』という受け身。ダウン回避とも呼ばれるが、近藤勇はほかのキャラと異なり、超必殺技をくらってからでも可能である。

ただ、これが卑怯《ひきょう》だバグだという見方もあるせいか、家庭用機だとすでにアップデート修正されていてできない。スタンドアローンなアーケード機ならではの技だ。

加えて、近藤勇にはこの画面端のハメ技、通称『ハメタックル』が存在する。一度これにハマれば最後。操作ミスでもない限り、体力ゲージがゼロになるまで終わらない。

（……悪いな、こっちにも勝たなきゃいけない事情があるから……）

画面に『一本！』の文字がでかでかと表示された。

先制したのは咲人の操る近藤勇。

二本目も咲人の勝利で終わると、背後で歓声が沸き起こった。

＊＊＊

「負けたよ。君、強いね？　まさか近藤さんにやられるとは思わなかったよ」

「どうも……」

椅子に座ったままの咲人のもとに宇佐見がやってきた。負けたというのに、彼女は朗らかな笑顔で右手を差し出してくる。咲人《さくと》は手を握り返そうとして——

『——ね？　いっしょにあそぼ？』

急に小学校時代の記憶が呼び起こされて、思わず右手を引っ込めてしまった。

「……？　どうしたの？　握手は苦手かな？」

「あ……——いや、なんでもない……」

キョトンとする宇佐見に対し、咲人は屈託のない微笑を向けた。

宇佐見は頬を赤らめて、差し出した手を引っ込めた。それから少しだけそっぽを向いて、いじいじと前髪を引っ張りながら、片目で咲人を窺《うかが》った。

「それでー……うちに訊《き》きたいことってなにかな？」

ゲームに集中していて、すっかりそのことを考えていなかった。なにから訊いたらいいものか。その前に、一つどうしても確認したいことがあった。

「なんだか学校と雰囲気が違うけど……こっちが『素』の宇佐見さん？」

すると宇佐見はまたキョトンとした。

「あ、そっか！　ゴホン……！　えーっと……素とかではないのだ！」

「……のだ？　なにその喋《しゃべ》り方……？」

咲人が訝《いぶか》しむ目で見ると、宇佐見は慌て始めた。

「あれ、違う？　じゃあ……そこの御仁、『私』になにか御用ですかな？」

「えーっと……ふざけてる？」

「いえ、そんなつもりはございませんことよ？」

「あ、うん。ふざけてるよね？」

「ゴホンゴホン……！　うわー、調整難しいなぁ……ゴホン！　普段どうだっけ……あ、そっか……ゴホンゴホン！」

と、宇佐見は咳払《せきばら》いをしながらぶつぶつと呟《つぶや》く。

彼女があまりにも咳をするので、咲人はゲームセンターの空調を気にし始めた。ここの空気の悪さが、彼女の脳や喋り方に影響を与えている可能性があるかもしれない。

「……それで、『私』に訊きたいことってなんですか？」

ようやく普段通りの喋り方になった。

「じゃあ、まず……どうしてゲーセンに？　通い慣れてる感じがしたんだけど……」

「んー……理論と実践かなー？」

「……なんの？」

「理論と実践……という名のストレス発散」

「あ、じゃあただのストレス発散だね、それ……」

咲人はだいぶ呆《あき》れた。

「じゃあ、そのヘッドホンは？　今まで見たことがないんだけど……」

「ああ、これは『KAN—01V』って言って、KANONシリーズの初期モデル。ノイズキャンセルはもちろんなんだけど、耳が痛くならないような構造を——」

「ごめん、訊き方が悪かった……型式とか機能面じゃなくて、普段持ち歩いてるの？」

「まあ……たまに？　たぶん、まあ……それなりですね？」

「……なんで疑問形？　自分のことだよね？」

咲人は呆れっぱなしだが、宇佐見はニコニコと笑顔で、会話を楽しんでいるように見える。ただ、なにか普段とは違う。話し方もそうだが——

「笑顔が可愛《かわい》いな……」

「あ、それについては～……ふえっ⁉　い、今なんて⁉」

「あ、いや……」

つい口に出してしまったが、普段と違って笑顔が多い。しかも可愛い。普段からこうしてニコニコしていたらいいのにとさえ思ってしまう。

「リップサービスは嫌いじゃないけど、真正面から言われるのはさすがに照れるなぁ」

「ごめん、忘れてくれ……。で、ストレス解消にしてはけっこう本格的だね？」

「まあね。……引いちゃったかな？」

「いや、何事も一生懸命にやる人は好きだよ？」

「なははは——……はは……す、好き……？」

真っ赤になっている宇佐見を無視して、咲人は顎に手を当てて次の質問を考える。

「じゃあ、次の質問なんだけど——」

と、そこで急に彼女の顔がぐいっと咲人の頬のすぐそばまで寄ってきた。

「おい！　どうし——」

「シィー……後ろ、そっと見て……」

と、彼女の口が、咲人の耳元でそっとささやいた。

咲人は、彼女の息と体温を肌で感じてドキリとしたが、そっと後ろを振り向いた。

見たことのあるパンツスーツ姿の気難しそうな美人がいた。キョロキョロとあたりを見回している。

「げっ⁉　生徒指導の橘《たちばな》先生……⁉」

「クスッ……残念。今日のデートはここまでかなぁ……」

宇佐見《うさみ》がささやくように言うと、咲人は正面を向き直した。

まだ彼女の顔がそこにあった。

柔らかな髪がさらりと咲人の頰をかすめ、甘い香りが鼻腔《びこう》をくすぐる。二日前、彼女を抱き止めたときの香りだが——どこか、ほんの少しだけ違っているように感じた。

宇佐見はそのまま咲人の右手を取った。

そうして自分の顔の横に引き寄せて、ぴたりとくっつける。柔らかな髪が手の甲をくすぐると、くすぐったいのやら、恥ずかしいのやらで、咲人はさらに真っ赤になった。

「——うん。君、本当にいいね……」

「な、なにをしてるの……？」

「マーキング。うちの匂いをつけておこうと思って」

と、咲人の右手に頰を擦《こす》りつけた。指先が彼女の小さな耳に触れた。

「えへへ、うちの耳たぶ、柔らかくない？」

「ま、まあ……」

と、宇佐見はわざと触れさせる。少しだけ摘《つま》むとたしかに柔らかい。

「これで感触も覚えてくれたかな？　……いつでも触っていいからね？」

「というか、これ、なに……？」

「ふふーん、人違いしないためのおまじない——じゃ、さよならの～……ハグ！」

「ちょっ……⁉」

一瞬ギュッと抱きつかれたが、すぐに宇佐見はすっと後ろに引いた。最後ににっこりと笑顔を見せ、バイバイと小さく手を振った。

そろそろと二階の非常階段のほうへ向かう宇佐見の後ろ姿を、咲人は呆然《ぼうぜん》と見送った。

心臓が高鳴っていた。身体《からだ》も火照《ほて》ったように熱い。

そのとき咲人は思った。

この気持ちはもしかしなくても——

「君、有栖山《ありすやま》学院の生徒だなっ⁉　名前とクラスはっ⁉」

「ひえっ⁉　橘先生……⁉」

——捕まる直前の恐怖心からくるものだと……で、捕まった。

ツイントーク！① それぞれの好きな人は……？

五月二十七日、宇佐見家のキッチン。

家着にエプロンをつけた格好の千影《ちかげ》は、火にかけた味噌汁《みそしる》の鍋をおたまでかき回しながら、大きなため息を吐《つ》いた。

（仲良くなりたいなぁ……）

順位表が廊下に貼り出された日のことを思い起こす――

『今日の学食の日替わりランチ。これがかなり絶品なんだ』

『それが、なんです……？』

『よかったら一緒に行かないか？　よかったら奢《おご》るけど？』

千影は後悔していた。

（あのときどうして素直に行きたいって言えなかったんだろぉ――――……）

と、おたまの回転数が二倍くらいに上がった。

（たぶん、高屋敷《たかやしき》くんは私と仲良くなりたいって思ってくれてたんだよね？　素直に学食に一緒に行けば……でも、私とカップルだと思われたら迷惑かけちゃうかもしれないし……）

千影は周囲から自分がどう思われているのか、噂《うわさ》程度に知っていた。成績トップで目立っているという自覚もある。けれど、それは自分にまつわる噂なので、自分の中で処理できる問題だ。むしろ問題視するほどのことでもなく、無視もできる。

ただ、自分の周りが巻き込まれるのはべつの話だ。

自分と一緒にいることで、咲人に迷惑がかかるかもしれないと思うと、なかなか関係を深めるのも難しい。一方で、千影は素直になれない自分に辟易《へきえき》していた。

ただ、もしカップルと周りに勘違いされたとしても――。

咲人がべつに困らないというのであればべつだ。

（ほ、本当にカップルになったら、問題ないよねっ……!?）

などという妄想の暴走が始まってしまう。なおかつ――

『……宇佐見さんを学食に誘うにはカップルにならないとダメってことか……』

向こうもその気があるのでは、というちょっとした期待が持てるあの言葉が脳内でリピートされる。極めつけは――

『……ふぅ～、危なかった。大丈夫？』

抱きしめられた。アクシデントとはいえ、あの咄嗟《とっさ》の行動は、千影にとっては神対応すぎた。初めて父親以外の男性に抱きしめられた。

咲人《さくと》の胸の鼓動が高鳴っている音を聞き、激しく動揺してしまった。咲人が立ち去ったあとも、その余韻が大きくて、しばらく立ち尽くしてしまうほどだった。

（あのとき、ドキドキしてくれてたんだ……）

と、目を閉じて嬉《うれ》しそうに身体をもじもじとさせる。すると――

「――さっきからなにしてるのかな～？」

と、キッチンカウンター越しに声が聞こえた。

「ほえぇっ⁉　ひ、ひーちゃん⁉　いつからそこに⁉」

「ついさっきだよ。ただいま、ちーちゃん」

カウンターからニコニコと顔を出しているのは、千影と同じ顔――十五分前に生まれた双子の姉の光莉《ひかり》だ。

「お、おかえりなさい……というか、どこに行ってたの？」

「ん～……ちょっとその辺をブラブラって感じかな」

「そう……」

千影は光莉が制服を着ているのを見て、ため息を吐きたいのを我慢した。

以前から光莉は学校を休みがちだった。

小学四年生あたりからそれは続き、高校に入っても相変わらずのようで、制服で出かけることはあっても学校まで足が向かないことが多い。

光莉はある意味自由奔放に生きているように見えて、なにか悩みを抱えている。

そのことを知っているから、千影はそこまで光莉を咎《とが》める気にはならない。

ただ、中学までとは事情が違う。お互いにもう高校生だ。

「中学と違って、休んでばかりだと留年しちゃうよ？」

「大丈夫、欠席日数はきちんと計算してるからね」

「それ、きちんとって言わないの……で、どこに行ってきたの？」

「えへへへ、気分転換でちょっと図書館に――」

「ゲーセンでしょ？」

間髪いれずに千影が言うと、光莉はギョッとした顔をした。

「なんでっ⁉」

「双子だから……というより、今までの行動パターン。最近はゲームにハマってるみたいだったし、カマをかけてみたの」

感服したといった風に、光莉は笑顔でパチパチと拍手する。

「さすが双子。なんでもうちのことはお見通しだね」

「ひーちゃんに言われても嬉しくない……まったく……」

千影はすっかり呆《あき》れつつ、コンロの火を止めた。

十五分遅れて生まれてきた妹としては、光莉に学校をサボらないようにと注意してきた。将来なにがあってもいいように、最低限、高卒の資格だけはとっておいてほしい。それが、十五分早く生まれた姉に対しての、千影の当座の願いである。

本来なら親が願うことなのだろう。けれど両親の考えは、光莉の好きなことをしたらいいという意見だった。理解しているというのか、甘いというのか、千影も両親に説得してもらうことを今では諦めている。

なんにせよ、そうした姉のことを見ていてたまに憧れることもあった。

自分とは違い、いつか、なにか、偉大なことを成し遂げるのではないかと——。

千影は料理を皿に盛りつけながら、リビングでくつろいでいる光莉の様子を見た。

光莉は、三人がけのソファーに仰向《あおむ》けになって寝転び、嬉々《きき》とした表情で大きなヌイグルミを抱きしめている。

「ひーちゃん？　なにかいいことでもあったの？」

「んー……よくわかんないけど、ドキドキすることが……はうぅ～……」

光莉はなにかを思い出し、脚をバタバタさせたあと、真っ赤な顔で千影を見た。

「ねえ、ちーちゃん。ちーちゃんと仲の良《い》い男子っている？」

「え……？」

ふと、一人だけ思い浮かんだが、仲の良い男子ではなく、仲良くなりたい男子だった。

「ううん、いない……。話したことがある人はいるけど……」

「その人の名前は？」

「えっと、高屋敷くん。高屋敷咲人くん……」

光莉は名前を聞くなり、なぜか自分の左頬を嬉しそうに撫《な》で始めた。

第3話　出すぎた杭《くい》は打たれない……？

ゲームセンターに行った日の深夜。

咲人は自室でスタンドライトの明かりを頼りに手紙をしたためていた。

『拝啓　初夏の候――』

ふと手が止まる。そのまま便箋を几帳面《きちょうめん》に折りたたみ、机の端に置いた。

（やっぱり堅いか……他人行儀だよな……）

そして、新しい便箋を取り出して最初から手紙を書き直す。

『お久しぶりです。お元気でしょうか？　俺のほうは母方の叔母と暮らし始め――』

と、そこでまた手が止まった。

折りたたんだ便箋らをゴミ箱にそっと入れると、椅子の背もたれにだらりと背中を預け、暗い天井をぼんやりと見上げた。

（あまり書くこともないな……ここ最近のことと言えば……そっか……）

ふと思い起こされたのは、宇佐見《うさみ》千影の表情が二つ――

学校での、照れ混じりのツンとした顔。

ゲームセンターの、あの無邪気な笑顔。

なんとなくスタンドの明かりを消し、またつけて、また消して——意味もなく何度もつけたり消したりを繰り返しながら宇佐見のことを考えた。

（やっぱり学校では優等生を演じているのか？　本性はゲーセン……？　学校で気を張ってるぶん、ストレスをゲーセンで発散してるってところか……）

ありえなくはないが、どうしても違和感を覚える。

まるで人違いをしているみたいだ。そんなわけないのに。

咲人は静かに瞼《まぶた》を閉じた。網膜に残るライトの残像の先、二つの顔がぼんやりと滲《にじ》んで、その輪郭がはっきりしなくなった。

＊＊＊

週明けの五月三十日月曜日。三時間目が終わり、四時間目の前。

咲人が美術室に向かっていると、廊下の向こうに体操着姿の宇佐見が見えた。

彼女は体育の授業のあとだったらしく、頬を伝う汗をタオルで拭きながら、気怠《けだる》そうな感じでこちらへ向かって歩いてくる。

先週のゲーセンの一件もあり、咲人は観察するように注意深く宇佐見を眺めた。

半袖短パンから伸びる腕と脚は、身体《からだ》に対して完璧なバランスをとるような長さだ。白い体操シャツにはピンクの下着の色と柄がうっすらと浮き出ている。それを下から押し上げるようにふくよかなバストが隆起し、歩くたびに弾む。

通り過ぎる男子が思わず振り返ってしまうほどの美しいプロポーションだ。

(美人だとは思っていたけど、まさかここまで――)

ふと宇佐見と目が合った。彼女は顔を赤らめ、手にしていたタオルで鼻から下を隠して、視線を横に流した。体操着姿を見られたのが恥ずかしかったのだろうか。

なんだかきまりが悪くなり、咲人も顔を逸《そ》らしておいた。

すれ違う直前、互いにそっぽを向きながら同時に足を止めて真横に並んだ。

「このあいだのことだけど――」

先に口を開いたのは咲人で、独り言のように低く呟《つぶや》く。

「橘《たちばな》先生には言ってないから……君の秘密は守るよ」

「……？　なんのことですか？」

「ほら、だから……いや、やっぱりなんでもない」

「なんですか？　余計に気になります。なんのことか教えてください」

不意に宇佐見と向き合う格好になった。先週より表情が引き締まって見えるのは、ゲームセンターで見せたはつらつとした笑顔と比べているせいだろうか。

「あ、あまり、じっと見ないでください……」

「あ、ご、ごめん……つい……」

お互いに目を逸らしたが、そのときふと咲人の目に宇佐見の左耳が映った。不意に彼女から教わった「おまじない」を思い出した。

「あ、あのさ……確認したいことがあるんだ……。いいかな？」

「なにを、ですか？」

キョトンとしている宇佐見の左耳にそっと手を伸ばした。

「ひゃっ⁉　な、なにをっ⁉」

耳たぶに触れる前に、宇佐見は後ろに引いた。

「え？　だから、いつでも触れていいんじゃ……」

「よ、よくないです！　だ、だから、そういうのはカップルになってからですっ！」

「このあいだはカップルじゃないのに触れさせてくれたじゃないか？　ハグとか……」

「あ、あれはアクシデントです！」

そう言って、宇佐見はプリプリと怒りながら背を向けた。

（……アクシデント？　じゃあゲーセンでの積極性はなんだったんだ……）

咲人が戸惑っていると、宇佐見は頰を赤らめながら睨《にら》んできた。

「カ……カップルになるなら触れることは……まあ、考えます！　そうじゃないのなら、気安く触れないでください！」

そこで咲人《さくと》はなるほどと納得した。

ここは廊下で人通りがある。そんなところで、カップルのようなことをしていたら、それこそあらぬ噂《うわさ》が立ってしまうだろう。そのことを警戒して、宇佐見はあえてキツい言い方をしたのだ。なんて思慮深い人なのだろうか。

「ごめん、俺が間違っていたよ……」

「わかってもらえましたか？　カ、カップルならいいんですけど、カップルなら！」

と、宇佐見はカップルをわざと強調するようにして言った。

どうやら、徹底して周りにカップルではないとアピールしたいらしい。学校の中と外でここまで徹底してキャラを守る人だったとは。

「なるほど、わかった。じゃあもう君には絶対に触れない」

「……へ？」

「いや、たしかにカップルでもないのに触れるのはおかしいし、さっきはごめんね？　それじゃあ急ぐから――」

「だから、カップルならいいんですよ!?　聞いてますか!?　おーい、高屋敷《たかやしき》くん――」

咲人は自分が浅はかだったことを反省しながら美術室に向かった。

＊＊＊

問題が起きたのは昼休みのことだった。

咲人が学食から教室に戻ろうと歩いていると、一年一組の教室の近くに人集《ひとだか》りができていた。だというのに、なぜか静かで、どこか不穏な空気が流れていた。ここそこそとなにかを話している者もいる。彼らが一様に見ていたのは廊下の先だった。

咲人もなんだか気になり、人集りに交じってそちらを見た。

すると、宇佐見と生徒指導の橘冬子が向き合っていた。

しかし、どうにも刺々《とげとげ》しい雰囲気で、その不穏な空気が周囲に伝染している。どうやら美少女と美人教師の軽い立ち話というわけではないらしい。

「ポニーテールのなにがいけないのですか？」

宇佐見は自分の頭を指差しながら不服そうに言った。

それに対し、橘はいかにも生徒指導の教師らしく、毅然《きぜん》とした態度で向き合っている。

「ポニーテールは校則違反だ。今すぐ直しなさい」

「女子の髪型については『長い髪は授業の邪魔にならないように結ぶか編む』と校則にあ

り、ポニーテールは禁止と明記していないと記憶しておりますが？」

と、理路整然と言い返した。それにしても校則の文言をいちいち覚えているのだろうか。

宇佐見ならありえなくもないか。

「それは解釈の問題だ。それに『派手な頭髪加工は禁止』と明記してある。つまり、教師から見て派手と認めたら派手なんだ」

橘も頑として引かない。この人はこの人で校則を覚えているのだろうか。生徒指導だし覚えていそうだが――

「教師から見て？　橘先生の主観がベースの気もしますが？」

「君はなかなか口が達者だな……しかし、認めるわけにはいかない」

つまるところ、この衆人環視の中、互いに主義主張を争い始めて引くに引けない状況に陥ってしまったのだろう。とりあえず、こうなった経緯を詳しく知りたい。

咲人は近くにいた女子二人組に話しかけた。

「ちょっとごめん……あれ、どういう状況？」

「あ、えっと……授業が終わったあと、橘先生が宇佐見さんの髪型を注意し始めたの」

「そうそう、それで宇佐見さんがポニーテールは禁止じゃないって言い始めて、反抗って言うかな？　たしかに理不尽な理由だし、論破しようとしてるのかな？」

咲人は口元に手を当てた。

(で、今の状況か……正面から意見をぶつけるのはあまり賢い選択とは言えないな……我が強い子だとは思ってたけど……)

問題は、どこであの二人の決着をつけるか。

そもそも今回の宇佐見《うさみ》と橘の問題に立ち入るつもりもないし、宇佐見のほうが素直に指導に従えばそれで終わる。それで終わりのはずだ。

見て見ぬふりをして、咲人はその場から立ち去ろうとしたのだが――

「宇佐見さんも宇佐見さんだよな~……」

「さっと直したら終わるのに~」

「橘に突っかかって、カッコいいとか思ってんのかなぁ?」

「ポニーテールが可愛《かわい》いって思ってるんじゃない?」

こそこそと話す声が聞こえ、足がピタリと止まった。

(自分から目立ってもなにも良《い》いことなんてないんだ……どうして目立つようなことを……正しいか正しくないかなんて、そんなのはどうだって――)

が、突然咲人の耳の奥で彼女の声が響いた――

『――どうして、本気を出さなかったんですか？』

その声は、その言葉は、鋭く、深く、真っ直《まっす》ぐに咲人の心に突き刺さった。

不思議なものだ。理解というのは、頭だけでするものではないらしい。多少なりとも彼女と言葉を交わしたあとにあの言葉を思い出すと、不思議と意味合いが変わってくる。

今なら理解できる。

あのとき彼女は、嫌われる勇気をもってこの言葉を発したのだ。

今なら理解できる。

彼女は論破したいのではない。

理不尽に対して、必死に立ち向かおうとしているのだ。

すると、咲人の中で「本気」は「勇気」へと入れ変わる。

――どうして勇気を出さなかったのか？

やがて咲人はネクタイを大きくずらして、宇佐見と橘のいるほうへ向かった。

そうして何食わぬ顔で、彼女たちの元につかつかと寄っていき、

「橘先生、このあいだはご指導いただきありがとうございました」

と、いきなり綺麗《きれい》なお辞儀をしてみせた。

この唐突な割り込みに、宇佐見と橘は驚いた。

「なんだ？　君は一年三組の高屋敷咲人……いや、見てわからないか？　今は指導中だ」

と、橘は顔をしかめながら言った。

「あ、すみません。つい先生を見かけたもので……」

睨まれても、咲人は苦笑いで返す。そこで橘は咲人の胸元に気づいた。

「……ん？　高屋敷、ネクタイがかなりずれているぞ？」

「え？　わわっ……！　すみません！　すぐ直します――」

咲人はネクタイを直すふりをしながら、視界の端に宇佐見を捉えた。

彼女は驚いたような、それでいて戸惑ったような表情を浮かべている。

(この場を収めるには、やるしかない……！)

咲人にはある作戦があった。いきなり指導中に首を突っ込んだ上で――

「すみません、じつは自分でネクタイを締められなくて……」

まるで空気を読めないどうしようもない男を演じる。

火に油を注ぐことがないように、できるだけ間抜けで滑稽な姿を見せるようにした。

「まったく……では訊《き》くが、普段ネクタイはどうしてるんだ？」

「母方の叔母と二人暮らしをしていて、叔母にしてもらってるんです」

実際は、みつみが夫婦ごっこをしたいというので何度かロールプレイに付き合っただけなのだが、ここは方便である。

ここまでの作戦の第一段階が成功したのか、橘《たちばな》はすっかり呆《あき》れ果てた顔をしていた。

そこで咲人は作戦の第二段階に移行する。

「叔母と二人暮らし？　そうか……ご両親は？」

「事情があって母とはべつに暮らしています。父親は……あの、ちょっと……」

「……そうか。なら、仕方がないな」

ここぞと言わんばかりに、咲人は笑顔を向ける。

「いいんです。でもほんと、橘先生のような生徒に対して『熱心で』『愛情深くて』『心優しい人』が『近くにいてくれる』ので、本当に『助かって』ます」

交渉したい相手に自分の弱さを見せたのち、相手の良い部分を評価する。こうすることによりこちらの要求を伝えやすくし、断りにくくする作戦だ。

これは敏腕弁護士であるみつみが「年上に用いるべし」と言って咲人に伝授した交渉術だった。まさか使う日が来るとは思っていなかったが、正確に実行してみた。

すると、効果は抜群のようだ。

橘の心に刺さったのか、表情が次第に和らいでいく。

「そうか……まあ、指導中だが、とりあえず君のネクタイを直させてくれ……」

「お願いします」

橘は咲人の前に立つと、そっとネクタイを自分のほうに引き寄せた。いつの間にか橘の目に優しさが宿っていた。案外情にもろい先生なのかもしれない。

「では、やるぞ――」

するりとネクタイが解かれた。橘は割と器用に手を動かす。普段彼氏にでもしているのだろうか。

とりあえず、このあとは宇佐見を連れてこの場から立ち去る。直すように自分からも言うと橘に伝えて、ここで手打ちにしてもらえればそれでいい。

宇佐見が納得してくれるかどうかはべつだが、真摯に頼めばポニーテールを直してくれるだろう。

が、一つだけ大きな誤算があった――

「ちょっと待ってください……！」

急にストップがかかった。

驚いてそちらを向くと、宇佐見が真っ赤になって目を三角形に吊《つ》り上げている。

「橘先生！　高屋敷《たかやしき》くんになにをしてるんですかっ!?」

「……ネクタイを直そうとしただけだが？」

「そんなのズル……じゃなくて、そんなの夫婦か同棲《どうせい》中のカップルしかやっちゃダメです！　あるいは好意のある男性にだけですっ！」

そうなのか、と咲人《さくと》は驚愕《きょうがく》した。

そして、この期《ご》に及んでまだ「カップル理論」を持ち出すのか。そのうちキスをしたら婚約成立だと言い出すのではなかろうか。

「なにを言っているんだ？　私は高屋敷のネクタイを直そうとしただけだ！」

その通りであってほしい、と咲人は願った。

「宇佐見、君の論だと、私が高屋敷に好意を向けていることになるぞ!?」

「違うんですか!?」

「ち、違うっ！」

と、なぜか余計に収拾がつかない状況に陥ってしまった。しかも咲人は橘にネクタイを引っ張られて身動きが取れない。これは、どうしたものだろうか。

咲人が狼狽《うろた》えていると、

「私が代わります！」

なぜと問う前に、宇佐見までネクタイを引っ張り始めた。

「いいや！　ここは私が責任を持ってやる！　生徒指導だからな！」

「いいえ！　彼と同じ塾に通っていた私が！　あと、あと……同級生なのでっ！」

と、関係ないことまで引っ張り出し始めた。

いよいよ収拾がつかない。さらに言えば、二人が言い争うたびに咲人の首が絞まる。二人はそのことにまったく気づいていない様子だ。このままではまずい――自分が。

「ギ……ギブ、ギブ……！　二人とも、離してっ……！」

「「ああ――――っ⁉」」

ようやく気づいた二人は、すっかり青白くなった咲人を見てやっと手を離した。

とりあえず、なんやかんやで二人の言い争いを止めることができたことは良かった。

ただ、余計なことに首を突っ込むと、リアルに首を絞められるのだと学んだ咲人だった。

＊＊＊

その日の放課後、職員室で橘からいたく丁寧な謝罪をされた咲人は、大丈夫ですと言って職員室をあとにした。

昇降口までやってくると、宇佐見が両手で鞄《かばん》を持ち、壁に背を預けて佇《たたず》んでいた。叱られるときのように沈んだ顔だ。

「宇佐見さん？」

「あ……高屋敷くん……」

宇佐見は咲人の顔を見ると、しゅんと小さくなった。

昼の一件で反省しているのだろう。ポニーテールだった髪が、いつもの左の横髪を括《くく》る感じに戻っていた。このほうがなんとなく安心する。

「あの、お昼休みの件なんですが……本当にごめんなさい……」

「ああ、いいっていいって。首を突っ込んだ俺が悪いんだし……それよりも、わざわざ待っててくれたの？」

「はい……」

反省中の彼女にどう言おうか迷ったが、とりあえず咲人は笑顔を向けておいた。

「どうして橘先生に突っかかったの?」

「……筋が通らなかったからです。校則には厳密な髪の括り方の規定はないので、指導の理由をはっきりさせたくて」

とても学校帰りにゲームセンターに寄っている人間のセリフではない。

だが、なにか彼女なりの主義やルールがあって、筋さえ通れば素直に従うのだろう。

「もっと賢いやり方があったはずだ。直しますって言ってやり過ごしたり、言われた通りに従ったり……あんなところで言い返したら目立つだろ?」

「そっか、そういうことだったんですね……」

宇佐見《うさみ》はなにかを納得した顔をした。

「そういうことって?」

「中間テストの成績……高屋敷くんは目立ちたくない理由があるから、あえて本気を出さなかった……そういうことですか?」

咲人は動揺して口をつぐんだ。その顔を見て、宇佐見はまた申し訳なさそうにする。

「ごめんなさい。また私、ずけずけと……嫌ですよね、こういうの?」

「……いや」

と、首を横に振ったが、咲人の心境は複雑だった。

興味を持ってもらえていることと、干渉されることはべつだ。現段階ではあまり深くそこを突いてほしくない。そこまで自分のことを知りたがる理由もよくわからない。

ただ、せっかくの機会だ。前から気になっていたことを、この場で彼女に訊いてみるのは有りかもしれない。

「……宇佐見さんは、自分が目立つことについてどう思うの？　ほら、成績が常にトップだから……外部生だから余計に目立つよね？　実際、噂《うわさ》されてるみたいだし……」

言葉を選んだつもりだったが、失敗したと思った。噂が悪いものだと言っているようなものだ。それに、自分のことだと言っているようできまりが悪い。

すると宇佐見はふふっと微笑《ほほえ》んでみせた。

「私は……目立つことは悪くないと思っていますが、怖いと感じるときもあります。人からどう見られているのか、これでも悩むことがあるんですよ？」

咲人はふいに微笑を消した。

「……なら、最初から目立たないようにしたらいいのに。いくら頑張っても、けっきょく出る杭《くい》は打たれるんだ……」

と、諦めにも似た本心が咲人の口をついて出た。

「それはできないと思います」

「どうして？」

「負けず嫌いなんです。『出すぎた杭は打たれない』と昔聞いたせいでしょうか？」

それはこの社会において、とても生きづらい道を選択するということだ。出すぎたとしても必ず打とうとする者は現れる。たぶんそこに際限はない。

そのことを宇佐見は自覚しつつも、恐怖心に抗《あらが》いながら、あえて進もうとしている。彼女はそれを負けず嫌いと表した。

けれど、本当にそれだけの理由だろうか。それだけが彼女の強さの秘密とは思えない。

「それは……難儀な性格だね？」

「はい。でも、これが私です」

宇佐見は自分を嘲るように言った。

「昔から不器用で、可愛《かわい》くなくて……ほんと、どうしようもないですね？」

「いや、そんなことは……。宇佐見さんが頑張るのは、負けず嫌いって性格だけ？」

「まあ、もともとのそういう性格もありますが——」

彼女はそう言うと、横髪を括っているリボンの先を撫《な》で始めた。

「今は、どうしても自分の頑張りを見てほしい人がいますから」

誰に、と咲人が口にしようとしたときだった。

途端に彼女から目を逸《そ》らすことができなくなったのだ。瞳の奥に吸い込まれて深く落ちていきそうな感覚に陥る。慌てて身体《からだ》ごと彼女から顔をそむけた。

宇佐見の真剣な眼差《まなざ》しの先に自分がいるように思えて、そんな妄想をしてしまったことを咲人は恥じた。都合よく捉えすぎだと自分を諫《いさ》める。

「あのさ……あ、いや……」

「……？　どうしたんですか？」

橘《たちばな》がネクタイを締めるとき、どうして代わると言ってきたのか。宇佐見の論だと、男性のネクタイを締めてあげる行為はカップルだけに許されたもの。それなのに、どうして。

言葉にするのは憚《はばか》られた。

それこそ都合よく捉えすぎているのではないか。けれど、筋を通す彼女なら、その行動に一本の筋が通っているのなら、と説明がついてしまう。

咲人が口ごもっていると、宇佐見が口を開く。

「……それで、あのとき、どうして仲裁に入ってくれたんですか……？」

「ああ、それは……なんとなく」

「そう……なんとなく、ですか……」

残念そうに視線を落とす宇佐見だったが——

「なんとなく、宇佐見さんを放っておけなかった」

声は尻すぼみになったが、咲人はなにも飾らずにそう言った。本心を伝えたつもりだが、引かれてしまっただろうか。柄にもなく勇気なんて出すものではない。

不安に思いながら彼女を見ると、耳まで真っ赤になっていた。

「あの、今のは――」

「あ、ありがとうございました……！　私、用事があるのでこれでっ！」

彼女は急いで靴を履き替えると、小走りで帰っていった。

やはり引かれてしまったのだろう。咲人はそう思い、多少落ち込んだ。

ただ、彼女に本心を伝えた自分の一歩を恥じないことにした。

たとえ今のが大失敗だとしても、次に繋《つな》がる大きな一歩だと信じることにして。

第4話　解き明かしてみて……？

「──それで、昨日の今日でなんの御用でしょうか……？」

もうすぐ梅雨入りという五月の終わり、三十一日火曜日の放課後のこと。

職員室の一角、相談スペースというパーテーションで仕切られた簡素な場所で、咲人《さくと》と生徒指導の橘がローテーブルを挟んで対面していた。

パーテーションの上から教員たちの話し声が降ってくる。二度目とはいえ、こういう場所はなかなか慣れない。咲人はさっさと切り上げて帰りたかった。

「改めて、昨日はすまなかったと思っている。この通りだ──」

橘は丁寧に頭を下げた。そこまで引きずることでもないし、わざと指導に割り込んだ咲人としてもきまりが悪い。この件はもう終わりにしたかった。

「橘先生、昨日の件はもう気にしていないので頭を上げてください……」

「君を今朝の朝刊に載せるところだったんだ……これくらいでは済まないと思ってる」

「あ、大丈夫です。朝刊に載るとしたら先生も一緒なんで……」

立場は違うだろうが、とりあえず載らなくて良かった。

「あの、今日は謝罪の続きですか？」

「いや……ちょっと君に頼みたいことがあってな……」

橘は脚を組み直した。

「じつは、宇佐見千影《ちかげ》についてなんだが……まあ、なんだ……」

「なんです？」

「君たちは……親しい関係なのか？」

一瞬どういう意味で訊《き》いているのだろうかと思ったが、咲人は冷静に首を横に振った。

「いえ、最近話すようになったばかりで……」

「そうか……最近か……」

橘が言い淀《よど》んだ。はっきりと物申しそうな彼女らしくない。なにを訊きたいのかじれったい感じもするが、咲人は黙ったまま次の言葉を待った。

橘は少し言いづらそうに声を潜めた。

「君は、宇佐見千影のことをどう思ってる？」

「……好きとか、恋愛的な意味ですか？」

「誰がそんなことを訊いた？」

「いや、だって、流れ的に……」

「あー違う違う……すまない、私の言い方が悪かったな……」

橘は椅子に沈み込んで、額に手を当てた。

「人物評価だ」

「人物評価……？」

橘は腕を組みながら「うむ」と言ってもう一度脚を組み直した。

「まあ、首席入学、学年一位……すごい人なのではないかと」

「……それ以外には？」

「真面目で努力家……まあ、筋が通らないことに対しては議論を戦わせる感じのようです。負けず嫌いだそうですよ？　あとは――」

ふと、咲人はゲームセンターでニコニコと笑う宇佐見を思い出したが、

「……まあ、そんなところですかね」

と、誤魔化しておいた。

橘に指導された日、咲人は最後まで彼女の名前を出さなかった。一人で来て友達はいなかったと伝えた――友達は。

嘘《うそ》ではないが、心苦しさが増すのはなぜだろう。それはたぶん、咲人が橘を、悪い人ではなく、ただただ仕事熱心な人なのだと認め始めたからかもしれない。

ゲームセンターでのことは秘密にすると宇佐見と約束しているので、そのことはけして

口には出せないが。

「それで、けっきょくなにが訊きたかったんですか？」

「宇佐見《うさみ》千影の裏の顔だ」

しまった、藪蛇《やぶへび》になってしまった、と咲人は思った。

「まあ、じつはそんな噂《うわさ》がある。友達から訊いたことないか？」

「俺、友達いないんで」

「そ、そうか……すまない……そうか……そうか……」

湿った空気が相談スペースに充満した。

急に訪れた沈黙に耐えきれなくなり、先に咲人が口を開く。

「あの……差し支えなければ、どんな噂か聞いてもいいですか？」

「ふむ……たとえば、学校の外では制服を着崩して駅前をうろうろしていただとか、ヘッドホンをしながらハンバーガーを食べていただとか、ゲーセンに入っていくのを見ただとか……」

思い当たる節がありすぎて、咲人はにわかに恐怖を感じた。というか、ほとんど事実だ。噂話もあながち馬鹿にできない。

「それから、人形を引きずって歩いてるだとか、電話に出たら『今あなたの後ろにいます』だとか……そんなところか」

「先生、後半の二つ、都市伝説が混じっちゃってますね……」

「私も後半二つは信じたくない」

「あなた次第ですよ？　信じなくていいんですよ、そんなのは……」

やはり噂話は噂話か。バカバカしい。

「でも、そっか……だからあの日、ゲーセンに来たんですか？」

「気づいたか？　噂が本当なのか確かめに行ったんだ……で、君がいた」

「本当にすみませんでした」

橘は苦笑いを浮かべた。

「もう終わったことだからいい……が、やはり宇佐見千影が気になってな。昨日の指導も、じつはポニーテールの指導をしつつ、本人の様子を観察しようと思ったんだ」

どうりで理不尽だと思っていたら、そういう理由だったのか。邪魔をして橘に申し訳ないと思いつつも、一方でゲーセンでの一件もあって、なんともきまりが悪い。

「なるほど……で、どうでした？」

橘は眉根を寄せた。

「口が達者だ」

同族嫌悪《けんお》というやつだろうか。特大ブーメランが飛んでくる日も近いだろうなと咲人は呆《あき》れながら思った。

「まあ、なんにせよ、もし噂が本当だったら指導をする立場だから、確認はしておきたくてな。すまない、君の貴重な時間をもらって」

「いや、それはべつに……ただ、俺からも橘先生に一つ訊きたいことがありまして」

「ん？　なんだね？」

「どうして橘先生は生徒指導に熱心なんですか？」

「どういう意味かね？」

「熱心なのはいいんですが、キツい指導をしたら生徒に嫌われちゃいませんか？」

単純に訊いてみたかった。さっきは「同族嫌悪」とまとめたが、橘は宇佐見に近いものがある。我を通すというか、自分の主義主張を曲げない信念のようなものを持っている。

仕事だからとはいえ、嫌われることをいとわずに指導ができるメンタリティはどこにあるのだろうか。橘からも聞いてみたいと思った。

「……仕事だからだよ」

「それは、給料をもらっているからということですか？」

「それもある……が、それだけではないということさ」

そう言うと橘《たちばな》はふっと笑って、それ以上は答えなかった。

＊＊＊

学校を出て、咲人はまっすぐに駅前のゲームセンターにやってきた。

目的は遊ぶためではなくて宇佐見に会うことで、できればゲームセンター通いをやめさせたい。それが無理だとしても、おかしな噂が回っていて、自分の首を絞めていることは伝えておくべきだと思った。

一階から二階を探し回ったが宇佐見の姿は見当たらない。そうして出入り口までやってくると――

「わぁ――――っ！」

突然、真後ろから大きな声がした。

振り向くと、そこにはこのあいだと同じ、くだけた格好の宇佐見が立っていた。

「ねえ、驚いた……じゃなくて、驚きましたか？」

「まあね……」

じつのところ、後ろに誰かが近づいてきていたのは気づいていた。というより、真後ろに立たれたら警戒して身構えるものだ。

「で、なにがしたかったの……？」

呆れながら訊《たず》ねると、宇佐見はてへへへと笑った。

「驚かせたくて。じつは高屋敷《たかやしき》くんのことを先に見つけて隠れてたんです」

「あ、そう……」

「でもダメでしたね。高屋敷くんは、ほんと動じないタイプなんですね？」

「そんなことはないよ。驚いたって」

宇佐見は口元に右手の人差し指をつけて上を見た。

「うーん……優しいけど優しさも装《よそお》える感じ？　優柔不断そうに見えて、じつは相手をコントロールするタイプですか？」

「コントロール……？　どういうこと？」

宇佐見はにこっと笑って、今度はピンと人差し指を立てて解説を始める。

「だって、今のは反射的に驚いた顔をしただけですよね？　本当は驚いていない。でも、驚いたふりをしないと、驚かせた側に悪いと思った……違いますか？」

咲人はひやりとした。やはりこの人は頭がいいというか、勘が鋭い。

——ただ、少し事情が異なる。

咲人《さくと》は相手が望んでいるであろう最適解を選択しただけだった。普通の人間なら驚くべきところをきちんと驚いてみせる。それが正常な反応なのだと技術として学んだのだ。

結果的に、彼女の言う「驚いたふり」には変わりないが——。

「……違わないけど、正解でもないかな？」

「難しく言うなぁ……」

宇佐見は面白くなさそうに言ったが、クスッとまた笑顔になる。

「でも、そういうのって窮屈じゃないかな？」

「窮屈？」

「相手に合わせて気を使いながらコミュニケーション取るのって。対等って難しい概念だと思う……理想的だけどね？　高屋敷くんは真面目なんだと思う。でも、私はそういうのって窮屈だって感じるし、そういう関係は苦手かなぁ」

またひやりとした。

今度は鋭利な刃物で心をえぐられている気分になった。

彼女は行間の多い言葉を並べていたが、咲人にはなにを言われているのか理解できた。

というより、今のは一般論や彼女の意見ではなく、徹頭徹尾、咲人だけに向けられた言葉だった。

この人は恐ろしいほどにキレる。どこまで視《み》えているのだろう。

占い師の使う、誰にでも当てはまるような心理誘導する言葉ではなく、咲人の過去から現在までを視てきたような言葉だ。まさか未来まで視えているのか。

そう思うと、この笑顔の内側にあるものが急に恐ろしくなった。

「宇佐見さんのほうこそ難しいことを考えてるじゃないか？　俺は、そうは思わないよ」

「それはどうしてかな？」

「人と人は合わせ鏡じゃない。ジグソーパズルみたいに大なり小なりズレはあって……むしろズレてるから、そこを合わせにいくから楽しいんじゃないか？」

宇佐見は面白くなさそうに、プクッと頰を膨らませた。

「なんだか諭された気分……学校の先生みたい……」

「ただの意見交換だよ」

「ふぅん……高屋敷くんってリアリストなのかな？」

「そういう君こそ、意外にロマンチストだったんだな？」

そこで二人は同時にプッと噴き出した。

すると宇佐見はニコニコと人好きのする笑顔を浮かべると咲人の右手をとった。右手はそのまま彼女の左頬へ導かれる。咲人の体温を感じて、彼女は嬉《うれ》しそうに微笑《ほほえ》む。

「この手、好き……」

「あの……」

「ジグソーパズルって、こういうことだよね……この手は最初からここにハマるためにあったって感じちゃうな……」

咲人の内側で心臓が跳ね上がる音がした。これは、なんだかマズい。

「あの……君には絶対に触れないって決めたんだけど……」

先日のやりとりを忘れたのだろうか。学校の廊下で、彼女の左耳にこうして触れようとしたときのことを。

けれど、宇佐見は手に力を込めた。離してくれそうにない。

「そんなの寂しいよ……」

と、甘える顔から切ない顔になる。咲人はぐっと心臓を摑《つか》まれた気分になった。

「怖がらなくていいんだよ？」

「え……？」

「理解できないのは怖いよね？　変化も、向き合うことも苦しいよね？　寂しいこと、怖いこと、苦しいことばかりだけど、こうして触れ合っていたら痛みは和らぐから……」

怖《お》じ気《け》づきそうになる。なんだか見透かされているようで、心の内側をさらけ出してもいいと言われている気がする。本当に、彼女はどこまで視えているのだろうか。

いや、それだけではないのだろう。

今の言葉は、どこか、宇佐見《うさみ》自身に対しても向けられているように感じた。彼女自身、寂しいし、怖いし、苦しいと感じることがあるのかもしれない。人と触れ合い、その温《ぬく》みで、痛みを和らげようとしているのかもしれない。

宿り木を求める小鳥のように、心の寄る辺《べ》をこうして求めている、そんな気がする。

すると宇佐見は急にぱっと明るい顔になった。

「じゃ、難しい話はここまで！　それじゃあ行こっか！」

「え？　どこに？」

「今日もエンサム！　このあいだのリベンジをするからね！」

「あ……ちょっと待った！」

咲人はここに来た目的を思い出した。

「……？　どうしたの？　行かないのかな？」

「宇佐見さんに、先に伝えたいことがあるんだ――」

＊＊＊

「──そっか……『私』の噂《うわさ》が……」

場所を変え、駅の構内にある待合室のベンチで、咲人と宇佐見は並んで座っていた。

「迷惑かけちゃったかな……」

「え？　誰に？」

宇佐見はううんと首を横に振って苦笑いを浮かべた。

急に彼女のテンションが低くなったので、咲人は気を使うように話しかける。

「まあ、学校で変な噂が回ると面倒だよね？　特に宇佐見さんの場合は目立つからさ」

「それって、成績が良《い》いから？」

「それだけじゃなくて、その……」

容姿も優れていると本人に伝えるのは、なんだか気まずい。

キョトンとしている彼女に、咲人は苦笑いを向ける。

「昨日橘先生とも一悶着《ひともんちゃく》あったわけだし、しばらくゲーセンに行かないほうがいいよ」

「うーん……でもあそこしかエンサム３の台を置いてないしなぁ……」

と、宇佐見は思い悩むように天井を向いた。

「いや、ほかにもあるよ？」

「それどこっ⁉」

「く、食いつきいいなぁ……」

どうやらあまり懲りていないらしい。咲人は少しがっかりして苦笑いを浮かべる。

「とりあえず、この周辺で遊び回るのはやめたほうがいい」

「んー……わかった……迷惑かけちゃいけないよね……はぁ～……」

しぶしぶといった感じで宇佐見は言ったが、誰に迷惑をかけるのか最後まで言わなかった。家族、両親といったところだろう。

咲人はやれやれと思いながら彼女の足元を見た。

脚をぶらぶらとさせ、どこか子供っぽくて落ち着かない。こんな感じなのに、たまに見せる鋭さというのか、瞬間的に大人になる。それは学校で見せる顔ともまたべつで、なんだか不思議な気分にさせられたりもする。

（あ、そうだ……）

このあいだゲームセンターで訊《き》きたくて訊けなかったことを思い出し、咲人は改めて訊ねてみることにした。

「宇佐見さんは、学校だと優等生キャラを演じてるの？」

宇佐見はまた天井を向いた。どうやら考え事をするときの癖らしい。

「うーん……実際優等生ではあるんだけどなぁ……」

自分で自分を優等生と言ったが、そこに自慢や皮肉は感じられない。客観的に、べつの誰かのことを言っているようにも聞こえる。

「ねえ、高屋敷くんはどっちがいい？」

「え？」

「学校の『私』とこっち」

今度は咲人が悩む番だったが、よくよく考えてみれば分ける必要はない。

「どっちもいいと思うけど……」

「えー？　それはさすがに欲張りかなぁ」

「え？　なんで？」

「だって今の質問は、どっちがタイプですか？　っていう質問だからね」

「タイプって……んな後出しジャンケンみたいなこと言われてもなぁ……」

咲人は気恥ずかしくなり、その質問に対する返答に悩む。

「……まあ、タイプというか、どっちも魅力的だとは思うよ？」

「ふぅん……けっきょくどっちもかぁ……」

「ただ、こっちの……というか、外で会う君からは目が離せないな」

「ふぇぇ⁉ な、なんで……？」

「危なっかしいというか……まあ、そういうところもあるし、放っておけないというか……俺にしたみたいに、ほかの男にもああいうこと、するの？」

「大丈夫。うち、気に入った人にしか、ああいう部分は見せないし、させないよ？」

マーキングと言っていた頬や耳を触らせたりする行為やハグの類は、あまりよろしくない。相手が相手なら大問題に発展してもおかしくないのだ。

つまり、気に入ってくれたということか。そう言われると、なんだか照れ臭い。

「それとも、そんなに緩い感じに見える？ チョロそう？」

「うーん……それはなんとも。むしろ堅いところもあるし、そこまでは思わないかな？」

真面目にそう答えると、宇佐見はクスクスと笑った。

「好きな人に対しては緩くもなるし、チョロくなるよ？」

「そ、そうなの……？」

「試してみる？」

「いや、遠慮しておく……」

丁重にお断りすると、また彼女はクスクスと笑った。冗談だったようだ。

「ま、男子なら学校の『私』がいいんじゃないかな？　ツンデレーって感じで」

咲人《さくと》は思わず苦笑いを浮かべた。

「人によるんじゃないかな？　まあ、こっちの宇佐見さんの話をすると——」

「うんうん、訊きたい訊きたい！」

「急《せ》かさないでくれ……今言葉を選んでるから……」

「そんなの気にしなくていいのにー」

とはいえ、言葉のチョイスは大事だ。このあいだはストレートに言ってしまって失敗した。同じミスは犯さないようにしなければ。

咲人は少し悩んで、思いついた言葉を整理しながら口を開く。

「……急に与えられた難問みたいだ」

「へ？　どういう意味かな？　あんまり良い意味に聞こえないけど……」

「ううん、もちろん良い意味で。問題って、解いて答えが出たら楽しいって俺は感じる。解けるまでの過程とか、じっくり考える時間とかも楽しい……そういう感覚っていうのかな？　こっちの宇佐見さんにはそういうミステリアスな感じがするんだ」

するとと宇佐見はニコッと笑ったが、頰を紅潮させていた。冗談というより試すような笑顔だった。

「つまり、高屋敷《たかやしき》くんはうちのことがもっと知りたいってことかな？」

「まあ、まとめると、そうなのかな……？」

宇佐見は咲人の手をとると、そっと自分の頬に触れさせた。咲人の体温をよく感じとれるように、目を瞑《つぶ》って頬ですりすりとする。

「じゃあ、解き明かしてみて……」

「え……？」

「たぶん、高屋敷くんならできると思う……うちの心の一番奥……見えないところまで、全部……解き明かしてほしいな……」

ゆったりした口調でそう言うと、最後に自分の左耳に触れさせる。彼女の言う人違いをしないためのおまじないというやつだ。

それが終わると、宇佐見はいつものニコニコとした笑顔を浮かべた。

「それじゃあ、今日はもう帰ろ？」

駅で宇佐見を見送ったあと、咲人は自分の右手を見た。

まだ彼女の温みと頰の感触が残っている。これがマーキングの効果なのかもしれない。

ツイントーーク！②　お互いの好きな人……？

「──ただいまー」

光莉《ひかり》が家に帰ると、玄関先にエプロン姿の千影がパタパタとやってきた。

「ちょっとひーちゃん！　またゲーセンに行ってたんでしょ!?」

お玉を片手に仁王立ちした千影が光莉を睨《にら》みつける。

「ちょっと気分転換に」

「気分転換って……あれ？　ひーちゃん？」

「……なにかな？」

「どうしたの？　元気ないみたいだけど、大丈夫……？」

千影は心配そうに話しかけるが、今の光莉は笑って誤魔化す元気がない。落ち込んでいるというよりぼーっとした感覚だった。帰ってくるまで、ずっと駅の構内での咲人とのやりとりを思い出していた。

光莉にとっても初めての感覚で、千影に心配されるまで元気がない様子に見えるのだとわからなかった。

「よくわからないけど、うん……まあ、大丈夫かな……」

「本当に？」

「うん……それよりもちーちゃん、今までごめんね」

急に謝られ、千影は余計に心配になった。冗談には見受けられない。本当に反省している様子だ。空気が重たくなりそうなのを感じて、千影は慌てて笑顔をつくった。

「え？　なにが？　思い当たる節がありすぎてどれかわからないんだけど……」

「なははは……いろいろ。特に、ゲーセンに行っていたことは反省したよ」

「そっか、反省してくれたんだ」

「うん……今日、変な噂《うわさ》が学校で広まってるって聞いて、ほんと反省した」

「変な噂……？」

二人はリビングに移動し、ソファーに座ってじっくりと話をした。

光莉からひと通り話を訊いた千影は、そっと微笑を浮かべた。

「――そっか……ひーちゃんがゲーセンに行ってたことが、私の噂として広まってたんだね？」

「うん、ごめん……」

「ううん、けっきょく私の噂じゃないってことだし、気にしてないよ？　そもそも、噂話とかそういうのは気にしてないし」

これほどまで落ち込んでいる光莉を見るのは久しぶりで、千影は気を使いながら話す。

「そう？　じゃあ明日からもゲーセン行っていいかな？」

「……なんだって？」

「ごめんなさい、深く反省しております……」

光莉は千影の睨みに萎縮する。怒らせたら本気で怖いということを知っているからだ。

「それで、その噂はどこで仕入れたの？」

「それがね、最近仲の良《い》い男子がいるんだー」

「え？　そうなの？」

「うん。まだ二回くらいしか会ったことないけど、その人が教えてくれたんだ」

そう言いながら、光莉の頬は紅潮している。おそらく、その仲の良い男子というのは光莉にとっての大事な人なのだろう。

自分の恋にはなかなか積極的になれない千影だが、こういう恋バナ的なのは嫌いではない。特に、今まで男子に目もくれなかった光莉がたぶん惚《ほ》れている相手だ。妹の千影としてはかなり気になる。誰がこの姉をオトしたというのだろうか。

「ねえ、その人ってどんな人なの？」

「うーん……心の痛みを知っている人かな？」

「え？」

「一緒にいると安心できる人」

心の痛みを知っているから、共感もできるし、安心もできる。だから一緒にいたいし、もっと触れ合いたい。頭で理解し合う関係ではなくて、心で触れ合いたいのだと光莉は思う。

「ちーちゃんのほうはどうなのかな？」

「へ……？　私っ⁉」

カウンターパンチをくらって、千影はすっかり真っ赤になった。

「塾で知り合った人だったよね？　その人のことを追って進路変更したんだから、そろそろなにか進展があっても良さそうな気がするなぁ」

「し、進展なら、あった……あったかも……」

「え⁉　どんなどんな⁉」

「えぇーっと……抱きしめられた？」

――アクシデントだが。

「あとはあとは⁉」

「えぇーっと……守ってもらったし、放っておけなかったと言われた？」

──ネクタイで首を絞めかけた相手だが。

「さっきからなんで疑問形なのかな？」

「ううっ……事実と真実は異なるからぁ……察して〜……」

「あ、うん……なんか察した。なははは──……」

なかなか思うようにいっていないらしい。それに、なにか大失敗をやらかしたのだろうと光莉は認識した。

「うちも頑張らないとなぁ……」

「ひーちゃんは可愛《かわい》いから大丈夫だよ……」

「ちーちゃんのほうが可愛いから大丈夫だって！　ほれほれ〜！」

と、光莉は千影にじゃれついた。

「や、やめてよぉーっ！」

千影はくすぐったくて逃れようとするが、いつの間にか笑顔になっていた。姉は高校生になってもスキンシップが多めで困るが、千影は嫌いではない。

すると、急に光莉が手を止めた。

「あ、そっか……！」

「……？　どうしたの？」

「うちが今いいなぁって思ってる人、たぶんモテる……」

「それが、なにか……？」

「素敵な人なんだよ！　きっとうちみたいに他にも好きになっちゃう子がいるはず!?　だからもっともっと仲良くならないとっ！」

慌てふためく光莉を見て、千影は呆《あき》れて笑う。

「それは大事だと思うけど、仲良くするためにどうするの？」

「スキンシップ当社比五倍！」

「やめなさい……。ドン引かれちゃうから……」

「そうなのかな？　うーん……」

真面目に悩むのがアホらしいと感じる千影だが、光莉の言い分も一理ある。

以前咲人に対して、触れていいのはカップルになったらという制限を設けてしまった。

あの駆け引きは失敗だったかもしれない。身持ちの堅い女はモテない可能性がある。

「ちーちゃんも好きな人は早めにゲットしないと、誰かに取られちゃうんだからね！」

「わ、わかった！　私も当社比二倍くらいでいってみる……！」

――と、けっきょくお互いが同じ人を想《おも》っていることをまだ知らない双子だった。

第5話　まさかのお誘い……？

六月一日水曜日の朝、咲人《さくと》は少し寝すごした。

電車の中、寝不足でぼーっとする頭を振られる。まだ柔らかな夢の中に身体《からだ》の半分が埋まっているような感覚だ。

（解き明かしてみて、か……）

あのあと家に帰り、深夜になってから大きな余波がやってきた。

布団《ふとん》に入って目を瞑ってもなんだか落ち着かない。目が冴《さ》え、喉が渇く。キッチンで水を飲み、もう一度ベッドで横になる。寝苦しさを布団のせいにして足元に追いやったが、今度は寒くて眠れない。

そうして、二時、三時と時間がすぎていき、窓の外が明るんできたころ、咲人はようやく眠りに落ちた。

けっきょく二時間くらいしか眠れなかった。

顔色が悪かったせいで、叔母のみつみが驚いていた。具合が悪いなら学校を休んだらと心配してくれたが、大丈夫だからと咲人は断った。

そのとき、なにかきまりの悪さを感じた。

寝不足の理由を告げられず、無駄に心配をかけたと感じたからだろう。

ふと咲人は車窓に目をやった。

日除《ひよ》けが下りた窓の隙間から朝日が強烈に溢《あふ》れている。ときおり建物や電柱などに遮られるために、濃い影が一瞬の暗さをもたらした。

光と影の間隔が速くなって幾度も交差する。

電車が走っているのか、景色が走っているのか——そんな錯覚に見舞われた。

ただ一つわかることは、光と影が、同時にこの世界に存在しているということだ。

＊＊＊

昇降口で靴を履き替え教室に向かおうとして、咲人ははたと立ち止まった。

ネクタイ事件の日の放課後と同じ場所に宇佐見《うさみ》が立っていた。両手で鞄《かばん》を持ち、壁に背を預けて佇《たたず》んでいる。あのときと違うのは、叱られるときのように沈んだ顔ではなく、なにか決心したような、それでいて不安を感じている顔だ。

「……宇佐見さん？」

「た、高屋敷《たかやしき》くん……！」

声をかけると、宇佐見は驚いた顔で咲人の顔を見た。

が、すぐに視線を逸《そ》らす。昨日の今日で、咲人もなんだかきまりが悪い。

「あの……もしかして寝不足ですか？　顔色がすぐれないようですが……」

「あははは……ちょっと寝不足で……。宇佐見さんは、なんか真っ赤だね？」

「え⁉　そ、そうですか……⁉」

宇佐見は両手で頰を隠しながら気まずそうに言った。

「それで、俺になにか用かな？」

「あの、えっと……」

彼女はさらに頰を赤くし、目はキョロキョロと落ち着かない。羞恥と戦っている様子だ。

もどかしい気分になりながらも、咲人は宇佐見がなにを伝えたいのかを待った。

「その……今日の放課後、中庭に来てもらえませんか？」

その照れ臭そうな宇佐見の仕草や雰囲気に、咲人は一瞬胸が高鳴ったが――

『――あのね……今日の放課後、咲人に話があるんだ……』

急に中学時代のことが思い起こされ、心に急ブレーキがかかった気がした。

「……？　どうしました？」

「……え？　ああ、なんでもない……放課後だっけ？　わかった……」

宇佐見は心配そうに咲人の表情を窺《うかが》う。

「あの、さっきより顔色が悪いみたいですけど……」

「ああ、いや、なんでもないんだ……それじゃあ今日の放課後、中庭で——」

咲人はそれだけ言うと、戸惑う宇佐見を置いて教室のほうへ足早に去った。

今回は違う。そう思いたい。

けれど、過去はどうしてもついて回るらしい。

＊　＊　＊

昼休み、咲人は今朝のことをぼーっと思い浮かべながら、学食で昼食をとっていた。

寝不足のせいか、あまり食欲がない。

こんな日に限って、今日の日替わりランチは生徒から一番人気のチキン南蛮定食とは不運だ。本来なら美味《おい》しくいただきたかったが、やはり宇佐見のことが気になっていた。

それから、心にブレーキをかけた、もう会うこともないだろう、もう一人の少女のことも——と、そこで影が差した。

「ここ、いいかな？」

許可するより先にテーブルの正面に座ったのは生徒指導の橘《たちばな》だった。

咲人はすぐに周りの反応を窺った。思っていたより反応は薄いようだ。

「周りが気になるか？」

「いえ、まあ……先生と食事をするのは初めてなので、少し驚いてます……」

咲人の反応を見た橘はふふっと笑った。

「気にしなければいいと思うが、やはり年頃の男子は意識してしまうか？」

「……わかってて座ったんですね？」

「ああ。君の反応を見てみたくてね」

橘のトレイを見ると焼き魚定食だった。日頃から食生活を意識しているのだろうか。

それよりも、こうして絡《から》んできたことが気になる。

「もしかして、昨日の宇佐見さんの件ですか？　宇佐見さんのことなら——」

「いや、宇佐見に関してではないよ。今日は君の話をしたくてね」

「俺の？　なんです？」

「このあいだの中間テストではどうして手を抜いたんだね？」

さらっと言われて、咲人は驚いた。

「……手を抜いた？」

「ああ。わざと低い点数をとった理由は？」

この決めつけたような言い方をするのはなにか確信があるからだろう。だからわざわざ「反応」を確かめにきたのか。咲人は平静を装《よそお》いつつ身構えた。

「どうしてそう思ったんですか？」

「君の中間テストの解答用紙のコピーを見比べた」

正答率の分析のため、不正防止のためにコピーを残すという噂《うわさ》は本当だったようだ。そのことはいいとして、見比べられたのはマズい。勘づかれたかもしれない。

「全教科、最後の三問だけ空欄だった。共通して三問だけ……それ以外は全問正解だ」

「それが、俺が手を抜いたっていう根拠ですか？」

「根拠というか計算だよ。各設問は一点から三点と配点にバラつきはあっても四点問題がないために、九十点以下はありえない。つまり、九十七点から九十一点の範囲だ」

「仮にそうだとして、九十点台にする必要は？　べつに八十点以下でも……」

「点数は成績に九割反映される。うちの場合、九十点台で真面目に課題を提出すれば、成績は十段階評価の九か十。五段階評価だと五だ。——ああ、ちなみにこの調子だと全額免除学力特待生として申し分ない。安心したまえ」

咲人は橘の鋭さに息を詰めた。

ただ、宇佐見とは違う。橘の場合はまったくの理詰めだ。感覚的な部分を刺激するというより、じわじわと真綿で首を絞めるような言い方をする。

かなり厄介だ。

橘は順位や得点という『表面的な結果』に踊らされる人ではないらしい。

「ちなみに、各教科担当がした採点は、どこをどう間違えたのかまでは教員全体で共有されない。唯一、本当の結果を知ることができるのは、解答用紙を返される生徒だけ……なるほど、うまくこちらのシステムの穴をついたみたいだな？」

「…………」

テストの結果——つまり採点後の処理には、一つだけ穴とも呼べない穴がある。

集計する教員、担任のところには、各教科担当が採点したあとの点数しか行かない。解答用紙を直接やりとりするのは、採点した教科担当と生徒のみ。採点後の解答用紙は教師間で共有されない。そもそも共有する必要がないからだ。

そして、わざわざ生徒一人一人の解答用紙を全教科見比べて確認する教師は——いないと思っていた。

ただ、先に「穴とも呼べない穴」と述べたのは、点数を下げたところでその生徒にはなんのメリットもないからだ。

得点を上げることに執着する生徒はいても、わざと下げる生徒は基本的に存在しない。

だから、咲人は余計に焦《あせ》った。

橘にある程度のことを悟られてしまったのだ。あくまで現段階では推論だが。

「全教科最後の三問だけわざと解かなかった。言い換えれば、手を抜いた……」

「そんなことをしても、俺になんのメリットもないと思いますが？」

「理由は順位表だろう」

「っ……⁉」

「高得点を取って大勢の前に晒《さら》されたくないから。周囲の関心は一位から順に薄れていく。だから八位ぐらいでちょうど良かった。……違うかね？」

橘はまるで名探偵のように話す。事件を繙《ひもと》きながら徐々に真実に迫られているようで、なんだか気分が悪くなる。

「時間が足りなかったんですよ」

「ふむ……中三のとき全国一位の得点だった君が？」

担任でもないのにそこまで調べていたのか。

そうなると、中学時代まで掘り返されたのかもしれない。怖い人だ。

「中学の内容と高校の内容は違いますから。もし仮に先生の言う通りだとして、それって不正行為に入りますか？」

　橘は暗い表情をした。

「いいや、不正ではない。正しくはないがね……」

「それ、同じことじゃ……」

「正しくないというのは、君のことを言ったんじゃないよ」

「え……？」

「いや、なんでもない。おっと、時間がないな——」

　橘はそれ以上追及せず、黙々と食事を口に運んでいく。

　ただ、皿の端にとある野菜だけが、魚の骨と一緒に寄せられていった。付け合わせのひじき煮に入っていたニンジンだった。

「……高屋敷、ニンジン好きだよな？　やる。遠慮しなくていいぞ？」

「食べません。というか人の好物、決めつけないでくださいよ？」

「そうか……ふむ……」

　ニンジンを前に小さく唸《うな》っているが、可愛《かわい》いんだか可愛くないんだか。

「橘先生、話は済みましたか？」

「最後にもう少しだけいいか？」

「……なんです？」

橘はニンジンを諦めて箸を置いた。

「君は入試当日に二十分遅れて入室したな？」

「ええ、まあ……」

「一時間目の国語の途中で入室した。理由は大雪と事故による電車の遅れということだが、間違いないかね？」

「……いちおうは」

咲人《さくと》はその日の出来事を思い出して苦笑いを浮かべた。

「ギリギリ受けさせてもらえて良かったと思ってます」

「配慮されるべき事案だからな。ただ……本当にうちを受験して良かったのか？」

「どういう意味です？」

「言葉通りだよ。本当に……君は、ほかに行きたい高校はなかったのかね？　親元を離れて叔母さんと二人暮らし……そこまでして、うちにこだわった理由が知りたくてね」

今までより本質的な質問だ。おそらく橘が一番訊《き》きたかったのはここだろう。

咲人はやれやれとまた苦笑いを浮かべる。

「まあ、学食が最高ですから。あと、ニンジンは食べたほうがいいですよ？」

「うむ……わかっているが、苦手でなぁ……むぅぅ……」

ニンジン嫌いのこの人は、どこまで知っているのだろう。

断片的な情報と憶測ばかりだ。時系列もバラバラで、登場人物も足りず、これだけだとおそらく意味をなさない。

けれど、じつは橘の中で一つの物語が出来上がっているのではないか。

喜劇と悲劇。

書き手によって、どちらにも転ぶ物語が——。

＊　＊　＊

七月までこんな日が続いてくれればいいと誰もが思うような晴れ上がった空の下、咲人は帰り支度を済ませて中庭に向かった。

まだ心地の良い風が吹く。放課後に待ち合わせるには最良の日だろう。宇佐見《うさみ》はこの日を狙って声をかけてくれたのではないかと思うほどだ。

中庭には六つほどベンチがある。そのうちの一つに彼女は腰掛けていた。

緊張で胸が高鳴る。咲人はゆっくりと息を吸い込んで、すでに頬を紅潮させている彼女に近づいた。

「宇佐見さん、お待たせ」

「高屋敷《たかやしき》くん……いえ、私もさっき来たところです。どうぞ、隣に――」

座るように促され、咲人は宇佐見の横に腰掛けた。横並びだとなんだか気まずいが、正面で顔を合わせない分だけマシかもしれない。

「……来てくれてありがとうございます」

「いや……。それで、なんの話？」

「はい……」

心の準備がいるようで、宇佐見は顔を真っ赤にしたまま俯《うつむ》いた。

ここが学校の中庭だからだろうか。昨日ゲームセンターと駅の構内で触れたときとはまるで違う雰囲気だ。それとも「優等生」を保ったまま、これから伝える内容を口にするのは躊躇《ためら》われるのだろうか。単純に、言い出しにくいだけなのだろうか。

そんなことを考えながら待っていると、ようやく彼女が口を開いた。

「た、高屋敷くんは……」

「え？」

「高屋敷くんは、今週の土曜日、お暇ですか……？」

「え？　ああ、暇と言えば暇だけど……」

「で、でしたら、私とお出かけをしたりしてみたりしませんか……？」

「あの、日本語がちょっと変な気が……まあ、それはいいとして」

宇佐見の言わんとしていることがわかると、鼓動がさらに速くなった。

「……それって、一緒に出かけたいってこと？」

「けしてデートじゃありませんのでっ！」

宇佐見は真っ赤になって慌てふためいた。

「あ、うん……デートとは言ってない……。でも、どうして？」

「それは、ですから、学校だと話しづらいこともありますし、せっかく知り合ったんですから仲良くなりたいなと思いましてっ！」

自分より慌てている人を見ると、どういうわけか冷静になる。彼女を見ていると、なんだか微笑《ほほえ》ましく感じる。

「うん、いいよ。出かけようか」

「えっ!? ほ、本当ですかっ!?」

「うん。いいけど、宇佐見さんは大丈夫なの？」

「え？　なにがですか？」

宇佐見は喜んだ顔から急にキョトンとした。

「ほら、一緒に出かけたりしたら周りからデートって思われるかもしれないし、そういう勘違いはされたくなかったんじゃないかと」

「か、構いません……！」

「か、構わないんだ……？」

宇佐見は穴から出てきた小動物のようにキョロキョロと周囲の状況を窺《うかが》った。

「高屋敷くんこそ、いいんですか？　私と、その……カップルだと勘違いされても……」

声が尻すぼみになっていくが、最後まで聞き取って「うん」と答えた。

「……まあ、正直なところを言えば、噂《うわさ》が立ったり目立つのはあまり好きじゃない」

「ですよねー……」

「ああ、いや、そうじゃなくて」

落胆する宇佐見を見て、慌てて言い直すことにした。

「ここ最近は、宇佐見さんのおかげで認識が改まったというか……自分がどう感じるかが大事だと思うようになったんだ」

「自分がどう感じるか……？」

「前に宇佐見さんが話してたよね？　人からどう思われるか、怖いこともあるって」

咲人は祈るように指を組んだ。

「でも、たまには勇気を出さないといけないこともあると思ったんだ。噂が立ったり、目立つのはあまり好きじゃないけど……出すぎた杭《くい》は打たれない。怖がらなくていいんだって、宇佐見さんから教えてもらったから」

そう言いながら、咲人はにこっと笑ってみせた。

宇佐見の頬は朱に染まり、真《ま》っ直《す》ぐに咲人を見つめ返す。そのとき、彼女の表情がいっそう綺麗《きれい》に見えた。

宇佐見は本当に綺麗だと思う。

こんな綺麗な人と噂をされたら、それはそれで楽しいかもしれない。

彼女が迷惑でないと言うのなら、一緒に出かけるくらい大丈夫だろう。彼女と出かけて、たくさん話して、もっと仲良くなって。たとえカップルでなくとも、カップルだと勘違いされたとしても、一歩踏み出して、彼女のことをもっとよく知りたいと思う。

自分にできるかわからないが、彼女を解き明かしたい――

「俺も宇佐見さんと出かけたい。君のことがもっと知りたいから」

そう、心に従うことにした。

「は……はうぅ～……」

「ど、どうしたの？」

「な、なんでもありません……」

口元を押さえてはいるが、宇佐見は頭から湯気が出そうなくらい真っ赤になり、今にも泣きそうなほど潤んだ目をしていた。

咲人もなんだか照れくさい気分だった。正直そこまで喜んでもらえるとは思っていなかったが、これを機に自然に話せる関係になりたい。しばらくは難しそうだが。

そのあと電話番号とＬＩＭＥを交換した。フレンド画面に『ちかげ』と表示され、トーク画面に『よろしくね』と可愛らしい猫のスタンプが貼られた。

「そ、それじゃあまた時間と場所は連絡しますね？」

「うん。あ、あのさ……」

「はい？」

咲人は照れ臭そうにスマホごとポケットに手を突っ込んだ。

「駅まで、一緒に帰らないか……？」

「は……はいぃ……」

そのあと駅まで徒歩十分の距離を二人で歩いたが、咲人は宇佐見となにを話したかあまり覚えていない。

学校のこと、中学時代の塾のこと、そんなことを話しながら帰った気もするが、正直緊張していてほとんど頭の中に入っていなかった。

並んで歩く。雑談をする。たまに立ち止まる。また歩きだす——。

ただそれだけのことなのに、二人でいるとこんなにも世界は違って見えるのか。

煩わしいだけの帰宅ラッシュ時間の町並みが、なんだか今日は華やいで見えた。

第6話　解き明かされたのは……？

宇佐見と出かける日が明日に迫った、六月三日金曜日。

その日の放課後、咲人《さくと》は日直の仕事を済ませたあと、いつもより遅く帰路に就いた。

あれから宇佐見と直接会っていないが、ＬＩＭＥのやりとりは続いている。

信号待ちでトーク画面を開いてみた。

親指で三、四回スクロールすると、あっという間に『よろしくね』の猫のスタンプにたどり着いた。【６／１（木）】──覚えやすい日付だと思う。

【今日】までのやりとりはお互いの趣味や好きなものの話がほとんどで、あとは『おやすみ』『おはよう』のような挨拶である。

ちなみに宇佐見は料理が好きだそうで、平日はお弁当を自分で詰め、夕飯は家族の分まで作っているらしい。耳が痛い話だ。仕事で忙しい叔母のために俺も積極的にやらないとな、と反省する。

それと、たまに映画館に行くそうだ。コアな映画ファンではないらしいが、彼女に勧められた映画は観《み》ておきたいと思う。共通の話題ができたら楽しいだろう。

それ以外は、割と淡白な文面が並んでいる。返信も遅いことが多い。良いように捉えれば、一言一句、一生懸命考えて送ってくれているのだと思う。そうしたメッセージ自体に、彼女の真面目で几帳面《きちょうめん》な性格が表れているのだろう。

咲人のほうも、宇佐見の負担にならないように、あまり長々ダラダラと送らないようにしていた。これくらいがお互いにとってちょうど良いのだと思う。

そもそも明日直接会って話すわけだし、それまでの楽しみが減るのはもったいない。

（あ、そっか……）

楽しいと感じていることに咲人は気づいた。

こうしたＬＩＭＥのやりとりも、宇佐見のことを知ることも、彼女のことを想像することも、明日一緒に出かけることも――。

漠然とそんなことを考えていたら、信号が青に変わっていた。

トーク画面を閉じてスマホをポケットに突っ込み、点滅し始めた信号を見ながら慌てて横断歩道を渡りきる。

そうして再び駅に向かって歩き始めると、ぼんやりと頭に浮かんでくるのは、ゲームセンターでの、あの宇佐見のはつらつとした笑顔だった。

そういえば、すっかり忘れていた。

ゲームセンターで見た限り、宇佐見はかなりのゲーマーだったが、ＬＩＭＥでは不思議とスマホゲームの話題しか出なかった。

それも、普段はそんなにやらないそうで、エンサムの話題すら出ていない。その話をするのを、咲人はすっかり忘れていたのだ。

（にしても、そんなにやらないって……宇佐見《うさみ》さん、謙虚だなぁ）

エンサムで玄人《くろうと》たちを相手にしのぎを削っていた人がなにを言っているんだか。よほどこのあいだ負けたことを気にしているようだ。そのうちまた対戦したい。

そんなことを思いながら駅前まで来ると、ふと足が止まった。

（あれは……宇佐見さん？）

ゲームセンターの前で、宇佐見が二人の男と一緒にいるのが見えた。

ニットキャップを被《かぶ》った男と、もう一人はロン毛の男。以前ゲームセンター内で見かけた男たちだ。

距離があるので声は聞こえないが、ニットキャップはしきりにゲームセンターのほうを気にしている。隣のロン毛は退屈そうにスマホを弄《いじ》っているが、足はゲームセンターのほうを向いていて、行きたがっている様子だ。

ナンパというよりは、どうやら宇佐見は対戦を挑まれているらしい。絡《から》まれて面倒なのか、迷惑そうにしていた。

（せっかく本人が心を入れ替えたのに誘うなよ……）

例の噂の件で宇佐見はゲームセンターに行けない事情がある。

人通りも多いし、この様子を学校の誰かに目撃されたら、これはこれで変な噂が流れてしまうだろう。

やれやれと思いながら咲人は三人の元へ向かったのだが——

＊＊＊

「——だから……さっきから私じゃないと言ってるじゃないですか！　誰ですか、琴キュンって！　人違いです！」

「そういうのいいからさぁ……来いよ、琴キュン。俺たちとひと勝負しようぜ？」

「あの、しつこいと本当に人を呼びますよ？」

宇佐見——千影《ちかげ》がムキになって言うと、ニットキャップが「はん」と鼻で笑った。

「人って、このあいだの彼氏のことか？」

「彼氏？　誰のことですか……？」

千影は眉根を寄せた。

「だからさぁ、ゲーセンで仲良さそうにしてたじゃん？　——なあ？」

「つーかあいつヤバすぎ。あんだけ強《つ》えーと俺でも惚《ほ》れるわ……」

「誰のことですか？　私はまだ誰ともお付き合いしていません！」

千影は完全に否定してから咲人のことを思い浮かべた。付き合ってはいないが、明日は彼と出かける。まだ、と言ったのはこれからに対する期待、見栄《みえ》のようなものだ。

するとと、比較的冷静なロン毛が首を傾《かし》げながら口を開く。

「ほら、やっぱ人違いじゃね？」

ニットキャップもいったん冷静になって千影を見る。

「え？　そうか？　……いや、この子だと思うんだけどなぁ？」

「本人違うって言ってるし、雰囲気っつーか、格好とか話し方とか、こんな真面目そうじゃなくね？」

「まあたしかに……。あいつの彼女って、もっと明るかったな。やっぱ人違いか……」

どうやら彼らは、その「あいつ」という人の彼女と自分を間違えたのだと千影は捉えた。そもそも人違いだ。いい加減に迷惑だ。

そう思いながら、いつもの癖で左の横髪を括《くく》っているリボンに触れる——が、そこで指が空を切った。

（あれ……？　え？　……え!?　ちょっと待って……!?）

いつの間にかリボンがなくなっていた。

学校を出るところまではたしかにあったのだが、いつもリボンの下で髪を結わえている髪ゴムだけになっていたのである。

（だからこの人たちは人違いを……ううん、それよりも……！）

千影はすっかり狼狽《うろた》えていた。

あれは、自分にとってとても大事なリボンなのだ――

「あの、人違いだとわかってもらえたなら、私はこれで――」

と、リボンを探すため、慌てて学校のほうへ引き返そうとしたとき――

「あいつの名前、たか……高屋敷《たかやしき》だっけ？　たしか」

ニットキャップの口から出た名前を聞き、千影の足がピタリと止まった。

思わず「え？」とそちらを向く。

「ああ、たしかそんな感じ。珍しかったな？」

「あの！　ちょっとよろしいですかっ!?」

「「え……」」

千影の剣幕に男二人が同時にたじろいだ。

「その……高屋敷という人は、どんな人ですか⁉」

ニットキャップは気まずそうに口を開く。

「が、学校は君と同じだと思う、制服で……あと、眠たそうな顔で、細身で……」

「そこのゲームセンターによく来るんですか⁉」

「あー……いや、見たのは二度くらいか？　──なあ？」

「お、おう……」

いきなり話を振られたロン毛は気まずそうに口を開いた。

「彼女さんとすげぇ仲良さそうにしてたけど……でも、君じゃないんだろ？」

言葉を失って、徐々に表情が無になっていく。

『ちーちゃんも好きな人は早めにゲットしないと、誰かに取られちゃうんだからね！』

ふと光莉《ひかり》の言葉が耳の奥で響いた。

身持ちが堅い女はモテない。その自覚はあった。

だから前に進もうと、自分なりには頑張ったと思う。それなのに——

長雨の中、身動きがとれずに立ちすくんでいるような気持ちになった。身体《からだ》と心が冷えていくと、震えが止まらなくなる。

「いや、ほんと勘違いしてごめん……！」

「じゃ、じゃあ……俺たちもう行くから……」

男二人は苦笑いで立ち去ろうとした。

が、急に千影の目から唐突に涙がボロボロと溢《あふ》れ出した——

「え……？　あれ……これ、なに……？」

千影は、一瞬なにが自分の身に起きたのかわからずに戸惑った。

そのうち、零《こぼ》れ落ちる涙を見て、ようやく自分が泣いているのだと気づく。

堰《せ》き止められていた感情が胸の内から一気に溢れ出すと、その感情の正体がなんなのかもわからないうちに、千影はその場で泣き崩れてしまった。

「え、なに⁉　どうした⁉」

「泣くなって、な……？」

きまりの悪い男二人は辺りを気にし出す。するとそこに——

「宇佐見さんっ……！」

千影の目に咲人《さくと》の姿が映った。

＊＊＊

「宇佐見さんどうしたの……⁉　なにがあったの⁉　大丈夫⁉」

「いや、これはちょっと……なんつーかさぁ……」

「お、おう……」

狼狽える男たちを無視して咲人は千影——宇佐見に駆け寄った。彼女が余計に泣き出してしまったので、事情が聞けそうにない。咲人は静かに男たちを睨《にら》んだ。

男たちがきまりの悪そうな顔で互いを見合う。

「お、俺たちはべつに……なあ？」

「あ、ああ……」

咲人は背中に宇佐見を隠すようにして、男たちの前に出た。

「彼女が迷惑をしていたのは事実だ。もうゲーセンに誘うのはやめてくれ」

咲人の語勢はいつもより強かった。

「ご、ごめん、ほんとにそんなつもりじゃなかったんだって……！」

「じゃあ、俺ら、もう行くから……！」

と、男二人はゲーセンの中に入っていった。咲人はやれやれと首の後ろを掻《か》いた。

（とりあえず、宇佐見さんを落ち着かせてから話を聞くか……）

咲人が宇佐見のほうを見ると——

「宇佐見さん、大丈……っ……⁉」

いきなり胸のあたりになにかが飛び込んできて、背中まで締めつけられた。

咲人は目を大きく見開いた。

顎のすぐ下に宇佐見の頭がある。

「う、宇佐見さん、あの、どうした……⁉」

突然胸に飛び込んできたことにも驚きだったが、この状況にどう対処していいのかわからない。人通りは多いが、周りを気にしている余裕などなかった。

「も、もう大丈夫だ……あいつらならもう行ったから……ごめん、俺がもう少し早く来ていれば……」

咲人がそう言うと、宇佐見《うさみ》は咲人の胸に額を擦《こす》りつけるように首を横に振った。

そうして、彼女はボソボソと胸の中でなにかを呟《つぶや》く。

「え……？　なに？」

咲人が訊《き》き直すと――


「中学のときから、ずっと高屋敷くんが好きだったんです……」


咲人は驚いた。

しかし、一瞬で今日までの彼女とのやりとりが思い起こされた。

そういう期待をしなかったかと言えば嘘《うそ》になるが、心のどこかでは、彼女の向ける好意的な視線や言動に気づいていた。

けれど自信がなかった。一方で、わからないことだらけでもある。

学校で見せる彼女と、ゲームセンターで見せる彼女は違う。振り回されているようで、好かれているようで、そこに違和感があったから、そこの部分がはっきりするまではそのことを考えないようにしてきた。

それなのに、こうして、いきなり告白されるとは思いもよらなかった。

それに、どうして彼女はこんなに悲しんでいるのだろうか。好きと言われたのに、どうしてこんなに悲しく響くのだろうか。これではまるで――

『私ね、ずっと前から咲人のことが好きだったの……』

まるで、あのときと一緒じゃないか。

また俺は、俺のせいで悲しい思いをさせたんだ。中三の、あのときと同じように。

そう思うと、怒りなのか、悲しみなのか、悔しさなのか、それら全部なのかはわからないが、胸の奥からどっと感情が溢れてきた。

いったん離れようとしたら、千影の腕にいちだんと力がこもった。

「本当は、ずっと話しかけたかったんです……でも恥ずかしくて、自分に自信がなくて、勇気が出なくて……」

「そ、そうか……」

中学時代から、ずっと自分のことを想《おも》っていてくれたのだという気持ちが伝わってくる。

自分は咎《とが》められているのだろうか。早く気づいてほしかった、と。

いや、宇佐見は明らかに自分を責めている。早く行動に移せない自分だけを責めて、好意に気づけなかった咲人を許そうとしている。咲人に対して、憎しみも蔑《さげす》みも抱かずに、ただ自分だけが悪かったと言っているのだ。

そんな彼女の優しさが、かえって悲しい。

「ごめん……。宇佐見さんの気持ちに、気づいてあげられなくて……」

「いいんです……私、可愛《かわい》くないので……」

「いや、そんなことは――」

「――私は私が嫌いです……」

「え？　あの、宇佐見さん……⁉」

宇佐見は駅の方に駆け出した。茫然《ぼうぜん》とその後ろ姿を見つめていた咲人は、はっとした。

手遅れ、という言葉が脳裏に浮かんだ。

このまま行かせていいのだろうか。

行かせたら、もうまともに会ってくれない気がする。これまでのことは、これからのことは――今この瞬間に、彼女との関係のすべてが失われてしまうのではないか。

ふと咲人は足下を見る。

宇佐見が普段横髪を括《くく》っているリボンが落ちていた。

それを拾い上げながら、リボンを見つめると――

『――咲人、あの……本当に、ごめんっ……！』


彼女を追え――。

もう一人の自分が叫んだ。

リボンを持つ手に力がこもる。咲人の目にたしかな意志が宿った。

（このまま行かせたらダメだ……！）

咲人はリボンをポケットにしまいこみ、宇佐見の背中を追いかけた。

＊＊＊

宇佐見の背中を追って、咲人は結城《ゆうき》桜ノ駅の構内に飛び込んだ。

すでに帰宅ラッシュでごったがえしていて人通りが激しい。

宇佐見の姿は見当たらない。

まだ近くにいるのではないかと見回すが、そうこうしているあいだにも宇佐見は電車に乗ってしまうだろう。

（どこの改札だ……？）

結城桜ノ駅には三つの路線がある。ここを中心に市を十字に分ける東西線と南北線、それから北西方面・南東方面に向かう地下鉄だ。

普段咲人が利用している南北線では宇佐見を一度も見たことがない。よって、彼女が向かった先は、東西線と地下鉄に絞られる。

咲人はふと目を瞑《つぶ》る。

記憶の箱の中から中学三年のころの記憶を引っ張り出した。思い出したくないものまで詰め込んだ箱だが、やむを得ない――

塾の教室の光景――それは断片的に撮られた写真のようなものではなく映像。

その映像をビデオの早戻しのように遡っていく。

冬、受験間近のころ。

他校の学生服がひしめく中、宇佐見がいた。

教室の壁際《かべぎわ》、割と目立たない真ん中の席に座って、彼女は静かにペンを走らせている。

今と変わらず制服をきっちりと着込んでいるが、そういえば眼鏡をかけていた。

彼女の制服にピントを合わせる――『西』の文字がデザインされた校章が見えた。

──咲人は目を開けた。

（西中……てことは、東西線か……！）

咲人は急いで東西線の改札に向かう。

すると、東西線の改札の手前に、有栖山《ありすやま》学院の制服が見えた。

（いた……！）

人を追いつめるような顔つきで、立ちはだかる人垣を鬱陶しく思いながら、避けて、謝って、また避けて、そちらへ進んでいく。

焦燥感にかられていた。彼女をこのまま行かせてはいけない。過去は変えられないが、今ならまだ間に合う。今ならまだ間に合うのだと。

ようやく背中をとらえた。咲人の動悸《どうき》はいっそう激しくなっていた。

「宇佐見さんっ……！」

「あれー？　高屋敷《たかやしき》くん、どうし──っ……⁉」

なにかを言いかけた彼女を、咲人は正面から抱きしめた。

通りすがる人たちが二人の姿をジロジロと見ながら改札に流れていく。

けれど、もう周囲のことなど気にしない。すでに腹は決まっているのだ。

逃してたまるものかと、先ほどの彼女と同じように腕に力を込めた。

「え、え、え⁉　なになに⁉　どうしちゃったのかな⁉」

「ごめん、わからないことだらけだ……でも、一つだけ確認したいんだ」

「え……？　な、なにかな……？」

「……俺のことが好きというのは間違いない？」

「っ――――⁉」

　腕の中で彼女は驚いたが、やがて観念したように身体《からだ》の力を抜いた。

「は、恥ずかしいんだけど、えっと、その……う、うん、好きです、はい……」

「……ありがとう。じゃあ俺も覚悟を決めるよ」

「か、覚悟？　覚悟ってなんのことかな……？」

「た、高屋敷くん……？」

　咲人《さくと》は静かに拘束を解いた。

　正面から宇佐見の目を見据える。彼女は上目遣いで真っ赤になっていた。潤んだ瞳で見つめ返されたが、もう逸《そ》らすことはしない。

　やがて、宇佐見のほうが咲人の意を汲《く》んだ。静かに目を閉じ、唇を差し出してくる。

　咲人は求めに応じるように、顔を近づけていく。

　そっと唇を重ねた。

甘くて、柔らかくて、彼女の微熱が唇を通して伝わってくる。

一度重ねると、そのまま二度、三度と。それから離さないようにキスを続ける。

もう周囲のことなど気にしない。

本当に自分を好きだと想ってくれる人と、こうして巡り逢《あ》えたのだから――


「あ、いたいた、ひーちゃ……って、高屋敷くんっ⁉」


咲人は「ん？」となって、声のするほうを見た。

そこには宇佐見が立っていた――ん？

しかし、今こうして抱きしめてキスをしたのも宇佐見。

そこに驚いて立っているのも宇佐見。

「……え？」

咲人は混乱して、今腕の中にいる人を見た。

「ぷはっ……あ、ダメ……腰が抜けそ……」

恍惚《こうこつ》な表情で、ダラりと身体の力が抜けているのも、やはり宇佐見なのだが――あれ？

「た、たたた、高屋敷くん、い、今、ひーちゃんと、なにを……⁉」

「え？　あの、ひーちゃんって……」

「あれ～……？　ちーちゃん……？　今ね、高屋敷くんとキス……しちゃった……」

えへへへと宇佐見は嬉《うれ》しそうに笑う。

「てことで、私が好きな人は高屋敷くんで……って、あれ？　ちーちゃん？　なんでこの世の終わりみたいな顔してるのかな？」

ひーちゃんと、ちーちゃん——なるほど、呼び方が違うな。

なるほどね。

ようやく事態が呑《の》み込めて、咲人は次第に青ざめていった。いや、もはや土色だ。生きた心地がしない。

「あの、君たちは、もしかして——」

「双子です！」「双子だよ？」

真っ赤になって怒るちーちゃんこと宇佐見千影《ちかげ》。

真っ赤になってニコニコ顔のひーちゃんこと宇佐見千影の姉——光莉《ひかり》。

とりあえず、どちらも真っ赤だが——一人土色の咲人の口から「ははは……」と乾いた笑いが出た。

——なるほど……そういうことかぁああああああ〜〜〜〜〜〜〜……——

ちょっとずつ感じていた違和感の正体がようやくわかったが、手遅れかもしれない。

これは、かなり、非常に、甚だしく、マズいパターンのやつである。

第7話　双子まとめて……？

人生初キスから二十分後、三人は『洋風ダイニング・カノン』という店に来ていた。

ここは三年ほど前にできた店で、咲人もたまに叔母のみつみと訪れることがある。

もともとここの店長は映画関係の仕事をやっていたそうで、店内を彩る洒落《しゃれ》た電飾《いろど》や小物は、なにかの映画で使われた物を使用しているらしい。

もちろん、素敵な内装の雰囲気だけではない。料理やデザートも美味《おい》しいと評判で、リピーターはあとを絶たない。今日は平日だというのに、ほぼ満席だった。

そんな雰囲気のいい店の一角──咲人はすっかり青ざめていた。

双子の姉のほう──光莉は割と明るい様子でニコニコと笑顔だ。

一方で、妹の千影はかなりキレている。目が合えばギロリと睨《にら》まれるので、咲人はなるべくそちらを見ないようにした。

「じゃ、改めまして。宇佐見光莉だよ。はい、ちーちゃんの番」

「宇佐見、千影です……は、じ、め、ま、し、て！」

咲人は「うぐっ」と呻《うめ》いた。

「高屋敷咲人です……本当に、なんて言ったらいいのか……二人とも、勘違いしていてすみませんでした……」

　咲人が深々と頭を下げると、光莉が「まあまあ」と明るく顔を上げるように言う。

「うちは、最初から高屋敷くんが勘違いしてるって気づいてたんだ」

「え？　じゃあなんで言ってくれなかったの？」

「気づいてくれるかなぁっていう実験？　ほら、YouTubeとかにもあるやつ」

「ああ……双子の入れ替わりドッキリ企画……」

　光莉は悪戯《いたずら》が見つかった子供のように笑う。

　が、残念なことに、ここまでくるとドッキリの枠を超えてしまっている。

「ひーちゃんとのキスのお味はどうでしたか……？」

「やめてくれっ……！」

　咲人が現実から逃れるようにガバっと耳を押さえると、千影は「はぁ～」と怒りを放出するようなため息を吐《つ》いた。

「ひーちゃんもひーちゃんだよ！　私になりすますなんて！」

「なははは、いつ気づくかなぁって思ってたんだけど……――ごめんなさい」

　笑っていた光莉だが、千影の怒った顔を見て、笑い事では済まされないとすぐに理解したようだ。いや、本当に笑えない。この場で一番笑えないのは咲人だが。

「はぁ〜……ドッキリっていうことは、高屋敷くんのことは好きじゃないんだよね？」

「ううん、好き」

「「うえぇっ⁉」」

　咲人と千影は同時に驚いた。

「え？　だって、最初から好きだもん。一目惚《ひとめぼ》れってやつかな？」

「そ、それは、一時の気の迷いだよっ！　ひーちゃん目を覚まして⁉」

「え〜？　でもね、いっぱい触れてみて確認し終わったんだ。あ、うち、やっぱりこの人のことが好きなんだなぁって……。だからそろそろネタバラシしようと思ってたら、急にギュってされて、チューって……えへへへ〜」

　光莉は嬉しそうに思い出し、うっとりとしながら頬を押さえる。

　対照的に、千影は「触れてみて」「ギュって」「チューって」の部分を聞くたびに、咲人に視線を向けた。カッと見開いた「へ〜そうなんだ〜？　へ〜」の目である。怖い。

　咲人はまた呻いた。そうして、これまでの事実を頭の中で整理していく。

　最初に告白してきたのは妹の千影。覚悟を決めてキスをしたのは姉の光莉。告白からキスまで済ませたわけだが同一人物ではない。

（なるほど、意味わからん……）

気づけなかったのは完全に自分のせいなのだが、企画や冗談では済まされないゆゆしき事態だ。こんなときの対処方法はYouTubeに上がっているのだろうか。

「でもさ、これからのことだけど、高屋敷《たかやしき》くんはどうしたいのかな？　キスした相手がうちってことは、このままうちと付き合うんだよね？」

たまらずに千影が口を挟む。

「ちょっと待って。告白したのは私のほうが先！　付き合う権利は私にあるはず！」

「け、権利ってなにかなぁ？」

「だ、だって……そもそも高屋敷くんがひーちゃんに告白したのって、私と勘違いしたからだよね⁉　告白もギューもチューも本来は私がしてもらう予定だったはず！」

「でも、ゲーセンで可愛《かわい》いって……あと、好きだって言ってもらったよ？」

途端に千影がクワッと目を見開いて咲人を見る。怖い怖い。

「あー違う違う……。笑顔が可愛いと言ったのはたしかだけど、好きっていうのは、何事も一生懸命な人は好きって意味で……」

と、咲人が説明しているあいだ、光莉はにしししと笑っている。わざと都合の良い言葉の切り抜きをやったみたいだ。

「でも、うちのほうはもういろいろ済ませちゃったわけだし……キセージジツ的な？」

「ま、まだ身体《からだ》は許してないでしょ⁉」

すると光莉は「へ？」と疑問の表情を浮かべる。

「え？　さっき触れてって言ったはずだけど……？」

嘘《うそ》⁉　じゃあ、じゃあ、もう……！　あわわわっ……⁉

「なーんて、そういうことはまだしてないよ？　まだ……」

「ちょっとひーちゃんっ⁉　なにを言わせるのよぉ――っ！」

「勝手にエッチな妄想をしたのはちーちゃんのほうだよね？」

真っ赤になって怒り出す千影と、あははと千影をからかって笑う光莉を見ながら、咲《さく》人《と》は「う――ん」と内心で唸《うな》っていた。

なにを聞かされているのだろうか。いや、この状況をどうしたらいいのだろうか。答えはWEBで、とは済まされない。――いよいよ頭の中が混乱してきたぞ。

「で、高屋敷くんはどっちと付き合いたい？　うちなら……えへへへ♪」

と、光莉は胸の谷間を寄せながら上目遣いで悪戯っぽく見つめてくる。

「わ、私だって当社比五倍で頑張ります……！」

「と、当社比……？　五倍ってどういうこと……？」

「だ、だから、その……高屋敷くんの好きにしていただけたらっ……！」

などと、千影は真っ赤になって言い放つ。

咲人は恐る恐る店内を見た。老若男女《ろうにゃくなんにょ》問わず、咲人に様々な視線が向けられている。嫉妬の目、憎悪《ぞうお》の目、この鬼畜がと言わんばかりの目——様々な負のオーラが混じり合って、どんよりとした重たい空気が漂っていた。

「ふ、二人とも……お店に迷惑をかけるからその辺で……」

「じゃあ決めてよ？」

「そうです、決めてください！」

これは——まいった。

とりあえず伝えなければいけないことがある。

「あの、これは、自分でもどうかと思うんだけど……」

双子はそろってきょとんと首を傾《かし》げたが——


「二人とも好きだ」

と、咲人はまとめて告白をした。当然二人は——

「「えええぇぇ————っ⁉」」

と、驚いた。この反応はわかりきっていたが、事実、結論なので仕方がない。

なるべく冷静さを保ちつつ、咲人は双子それぞれに気持ちを伝えていくことにした。

「まず千影さんのほうなんだけど……中学時代からずっと俺のことが好きだったって聞いたのもあるけど、じつは前から意識はしていたんだ」

「え⁉　そ、そうだったんですね……⁉」

咲人は照れ臭そうに頷《うなず》いた。

「同じ塾で知っていたし、真面目で、努力家で、そういう面を見ていたから、最初から仲良くなりたいと思ってたんだ。憧れに近いものがあって、尊敬もしている。あと、綺麗《きれい》だと思うし、可愛いと思うよ――」

「あの、ちょっと高屋敷くん、ストップ、私の心臓がっ……！」

「――で、実際に話してみて、面白い人だなって思ったし、もっと仲良くなりたいって思った。告白してもらえて本当に嬉《うれ》しかったよ」

「う、嬉しいです……！　そういう風に思ってもらっていたなんて……」

と、千影は頭からプシューと湯気が出そうになるくらい真っ赤になって俯《うつむ》いた。

「光莉《ひかり》さんについては――」

「あ、光莉でいいよ」

「あ、うん。じゃあ光莉。光莉については、一緒にいて楽しいだけじゃなく、奥深いというか……俺の気持ちを理解してくれる人だと思って。短いあいだなんだけど、印象に残ることばかりだったんだ」

光莉はニコニコと頷きながら話を聞いている。

「だからというか、光莉といろいろ話してみて、惹《ひ》かれる部分があったんだ。元気ももらえるし、俺を変えてくれた。自由奔放に見えて真面目だし、たぶんすごくいろいろ考えているんだと思う。だから、もっと君のことを知りたいって思ったんだ」

「えへへ〜、嬉しい……うちも好きになったのが高屋敷くんで良かったよ。それに、キスも素敵だったし……」

咲人は二人に向けてもう一度言う。

「だから、二人とも好きになった事実は変わりない。その上で、これが一番大事なことなんだけど、俺が二人を好きになったのは、双子だからとか、二人セットってことじゃなく、千影《ちかげ》さん、光莉、それぞれなんだ」

双子は無言のままお互いの顔を見合わせて、もう一度咲人を見る。

「でも、じゃあ……これからのことを決めないとね？」

「そうそう、好きになったのが二人なのは仕方がないので……」

咲人は真剣に頷く。二人の期待の目が咲人を見つめている。

こうなっては、咲人がとる道は一つしかない――

「だから俺は……二人とは付き合わない！　ごめん！」

「「えぇぇぇぇ――――っ⁉」」

綺麗に頭を下げる咲人を見て、双子は驚愕《きょうがく》した。

「え？　俺、なんか間違えた……？」

「なんでそうなっちゃうのかな⁉　好きなんだよねっ⁉」

「そうですよっ！　だからの使い方が間違ってます！　せめてどっちか選ぶでしょうにっ！」

「って言われてもなぁ〜……」

咲人は困ったように首の後ろを掻《か》く。

「俺なりに二人のことを考えた結論なんだ……」

「どういうことかな？」

「まあ、どちらかを選ぶということもできるかもしれない。そうしたら、もう片方の気持ちはどうなる？」

「やだ」「無理」

と、双子はギロリとお互いを睨《にら》み合う。

「ほ、ほらな？　こういうこと……」

「「あ……」」

「選ばれなかったもう一人は辛《つら》い思いをするだろ？　赤の他人ならまだしも、双子だし、家族だし、一緒に暮らすのも大変じゃないか？」

二人は咲人の思いを汲《く》み取って、気まずそうに俯いた。

「だったら、恋人はダメでも、友人くらいの関係ならいいのかと思って」

冷静に考えてみて、それくらいの関係で収めておくのがいいという妥協案だった。

もちろん、それなりにしこりは残るだろう。けれど、それもそのうち時間が解決してくれるだろうと咲人は思った。

「でも、告白しちゃったし……」

「うちはキスもしちゃったし……」

「うん、ちょっと待たれよ。……え？　そういえば私、まだキスしてもらってない!?」

「あ……うちも告白は、ちゃんとしたのはまだかなぁ……」

雲行きが怪しくなってきた。というか、話が元に戻っている。

咲人は嫌な雰囲気を察して少しだけ身を引く。

「キスは本来私が先のはず⁉　告白したし！　というか、中学から好きだったもん！」

「ん〜？　でも、うちのほうがお姉ちゃんだし？」

「そういう問題じゃないのっ！　だいたい十五分差でしょっ！」

「それと、駅の構内でギュッと抱きしめられて……ふふっ、思い出したらニヤニヤしちゃうなぁ……」

「ムガァ――――――――ッ！」

と、姉妹喧嘩《げんか》？　を始めた二人を尻目に、咲人はやれやれと頭を抱えた。同時に、こうなるから片方は絶対に選べないという結論に至った。

「その唇寄越《よこ》しなさい！」

「ど、どうするのかな……⁉」

「ひーちゃんとチューすれば私が高屋敷くんとチューしたことになるよねっ⁉」

「ならないよっ！　なにその間接キス⁉　わわっ、やめて！　上書きしないでーっ！」

目の前にいる本人に直接頼めばいいのでは？　と咲人は一瞬思ったが、それはさすがに道義に反する。それはそれで最低な考えだ。いや、もうすでにこの状況は最悪だ。

　咲人はまたやれやれと頭を抱えたのだが——

「わかった！　じゃあこうしよっ⁉　高屋敷《たかやしき》くん——」

　そこで光莉が妙案を思いつき、咲人のほうを向いた。

　おそらく千影のキスを拒むための口実かもしれないが、とりあえず聞いてみよう——

「双子まとめてカノジョにしない？」

　なるほど、その手があったか——とはならない。

　その提案に、咲人と千影は閉口したが、光莉が丁寧にお辞儀をする。

「というわけで、この度は最終的に二人とも選んでくれてありがとう。ちーちゃんと一緒にこれからもどうぞよろしくね？」

「うん、ちょっと待とうか光莉……最終と判断するのはまだ早いよ……」

　咲人は、右の手の平を前に出してストップをかけた。

「もう彼女だし、うちも咲人くんって呼ぶね、ダーリン？」

「あ、うん……なんで最後ダーリンって言った？　じゃなくて、そんなのは千影のほうが嫌だろ？　——ね？」

咲人《さくと》が同意を求めると、千影はなにかを我慢しているように「うぅ」と唸《うな》っている。

「私も……気持ちは……まあ、他の子ならダメでも、ひーちゃんだから、ひーちゃんだから～……ううぅ……無し寄りの有りといいますか……」

「いや無し寄りの無しだって！　姉だからってそこを妥協しちゃダメだ！　迷うな！　君はそういう子じゃないだろう！」

「で、ですよね……ダーリンがそう仰《おっしゃ》るのなら……」

「ダーリンって言ったたっ⁉」

もはやカオスだった。千影まで三人で付き合う気があるらしい。

というより、どちらも折れる気がない。これはどうしたものだろうか。

というより、千影は大丈夫なのか。状況がおかしくなりすぎて壊れてなければいいが。

「ちょっとストップ、展開が早すぎて追いつけない……整理させてくれないか？」

咲人は頭をフル回転させる。ただ、いつもと逆回りだ。

なるほど、意味わからん――いや、わかっちゃいけないのだ。常識的に。

「ひ、光莉の提案は非常に魅力的な提案だと思う……。ただ、常識的にはマズいと思うんだ……千影さんもそう思わないか？」

「私のことはハニーと」

「うん、呼ばない。……大丈夫か、千影さん？」

状況がおかしくなりすぎて、さっきから壊れかけているのではないかと心配しつつ、千影の様子を窺《うかが》う。ふと彼女は平静に戻った。

「でも……高屋敷くんに彼女が二人いることになるし、私たちも同じ人を彼氏にしちゃうんですよね？　それはやっぱり常識的にマズいんじゃ……」

「そうだ！　いいぞ、千影さん……！」

咲人はグッと拳を握った。

「この非常識な事態に常識を持ち出されてもなぁ～って思うけどなぁ？」

「ダメだダメだ！　なに言ってんだ、光莉！　千影さんを惑わすなっ！」

「え～？」

「え～？　じゃない！　非常識と非常識を足しても非常識にしかならないぞっ！」

「ん～？　じゃあ掛けてみたらいいんじゃないかな？　あるいは～……二乗にする？」

「どうやって⁉　その計算式を教えてくれ！」

なんとしても、このラインだけは突破されてはいけない。

「ちーちゃんは周りのことを気にしちゃう？　それで咲人くんのことを諦められる？」

「もちろん諦め……きれないっ！　それはヤダ！」

光莉《ひかり》がニコッと笑う。

「じゃ、民主主義的に多数決をとってみようよ？」

「なんですと……？」

「三人で付き合うことに賛成の人。はーい」

光莉が手を上げると、そろそろと千影も手を上げる。

二対一――可決された。

いやいやいやいや、上手《うま》く丸め込まれるわけにはいかない。無理が通れば道理が引っ込んでしまう。ここは一人でも反対し続けるべきだ。

「か……数の暴力じゃないかっ⁉」

「民主主義だよ？」

「マイノリティの意見を反映させるべきだ！　この場合は俺！」

「うち的にはスッキリと合意してもらって、楽しくて明るい未来ができたらいいなぁ」

「俺の意志は⁉」

すると光莉はうっとりとした表情で、小指で自分の唇をなぞった。

「咲人くんのキス、素敵だったなぁ……もっかいしたいなぁ……」

「うぐっ⁉」

「ちーちゃんもしたいよね？」

「う、うん……し、したい、です……あと、ギュッてされたい……」

「っ――――――!?」

今ので完全に咲人の意志が揺らいだ。マジで弱いなと自分でも思った。

「い、いやしかし、常識的に、考えてみてですねぇ……」

「バレなきゃ大丈夫だよ？」

「いや、そういう問題でもない……それも問題になりそうだけど、俺からすると二人と同時に付き合うことになるんだ。そこに差が生まれたら嫌だろ……？」

「なんだ。それなら、簡単だよ」

光莉はピンと人差し指を立てた。

「咲人くんが二人とも平等に愛してくれたらいいの」

「神かっ!?　人を平等に愛するなんて神様しかできない！」

「うーん……いわゆる神対応？」

「まったく違う！　塩対応より、なお悪いわっ！」

咲人は頭をフル回転させるが、自分より倍の速さで光莉のほうがキレている。なんとかしてこの流れを止めたい。

そのあとも押し問答が続いたが、いよいよ光莉が悩む顔をした。

「ん～……うち的にはナイスアイディアだと思うんだけどなぁ……」

「まあ、たしかに高屋敷くんの言うとおり不誠実だよね……」

と、ようやく千影《ちかげ》もいつもの様子に戻った。

ふりだしに戻ったことで、咲人は少しほっとする。

「うち二人に対して誠実ならいいじゃないかな？　もちろん、うちらも誠実に向き合えば問題ないと思うけど？」

「問題は私たちじゃなくて状況。周りの人は変だなー、おかしいなーって思うでしょ？」

「……稲川《いながわ》さん？」

「いや、そんな言い方してないでしょ？　でも、淳二《じゅんじ》さんもぞっとするでしょうね……」

「ん～……ちーちゃんが問題にしてるのって、うちらの関係じゃなくて、周りの人？」

「え……まあ、そういうこと」

それを聞いて、光莉はなにかアイディアを思いついたらしい。

これまでの流れでいくとロクでもなさそうだが、いちおう聞いておこうか――

「ねえ、ちーちゃん。仮に私たちが咲人くんと付き合ったとして……彼氏いますかって訊《き》かれたらなんて答えるかな？」

「え？　それは……いちおういるって答えると思う。嘘《うそ》はつきたくないし……」

するとと今度は咲人に訊《たず》ねる。

「ねえ、咲人くん。仮にうちらと付き合ったとして彼女いるって訊かれたら？」

「えっと、いるって答えるけど……」

「彼女何人いますかって訊く人はいるかなぁ？」

咲人ははっとした。

「いや、いないな……常識的には彼女の人数まで訊かれない、か……」

「そう。つまりこういうこと。普通の人は、ちーちゃんの言うように一対一の関係が普通だって思ってるから、人数までは訊かない。もし三人で仲良く歩いていても、付き合ってるなんて思わないよ。双子と仲が良《い》いんだな～ってくらいじゃないかな？」

なるほどと咲人は納得したが――

「つまり周りにはバレないと？　でも、もしどんな子かって訊かれたりしたら、俺の場合なんて答えるんだ？」

「それはね――言わない。つまり、秘密にするっていうこと」

「え？　いや、だからそれは……」

言いたいことが伝わっていなかったのか、咲人はもう一度常識とはなにか、誠実さとはなにかの説明をしようとした。

　しかし、光莉は呆気《あっけ》にとられている咲人と千影、双方の顔を見て口を開く。

「嘘には、大きく分けて二種類あるんだよ。――嘘と、言わない嘘」

「それ、どう違うんだ？」

「嘘は相手を傷つける行為。優しい嘘もあるけど、他人、外の人に影響を与えるということかな？　たとえば、付き合ってるのにパートナーはいませんって周りに言ったら、嘘になるし、あとあとバレたら相手を怒らせたり悲しませてしまうかもしれないね？」

　それについては咲人と千影はすぐに納得した。

「ひーちゃん、もう一つの、言わない嘘って？」

「簡単に言えば秘密のこと。外ではなく内……抱えるのは自分自身ってこと。つまり、外の人に影響を与えないってことかな？」

　そこで咲人が口を挟んだ。

「いやしかし、秘密にされたら傷つく人もいるんじゃないか？」

「それは前提の話だよ。善いことなのか、悪いことなのか。うちらは三人で付き合うだけ。それって、なにか悪いこと？」

「悪い……いや、悪くはない、のか……」

光莉の言い分には十分すぎるほどの説得力があった。

悪いことを秘密にすれば当然迷惑をかける人もいる。しかし、善いこと、あるいはそのどちらでもないことを秘密にしたとして迷惑をかける人はいない。

そして、男女が付き合うことは悪いことではない。複数になると「二股」「浮気《うわき》」などの道義的な問題は発生する。

しかし、それを問題だと意見するのは、けっきょく他人だ。

当人たちが同意と納得をしていれば、他人が首を突っ込むことではない。

秘密は自分たちの内輪だけで共有され、誰かに秘密にして心苦しいと感じるのは自分たち自身。そもそも、心苦しいと感じるようなことでもなさそうだ。

不誠実だという咲人と千影の主張はすでに論破されている。

べつに、付き合っている人がいますと公表してまわる必要もない。訊ねられたら「秘密」「言いたくない」で構わないのだ。

重要なことは当人同士の関係性。

三人で付き合っても、互いに不誠実にならないようにすること。

すなわち、うまくバランスをとって付き合うことだ。

平等という概念は一番難しいが、誠実に向き合えるよう努力していけばいい。

　そうすれば咲人《さくと》の立場からすれば「二股」にはなるかもしれないが、「浮気」には当てはまらない。そもそも二股という言葉自体、この二人の同意と納得さえあれば問題にはならないのだ。つまり――

「なるほど……俺次第ってことか……」

　咲人はやれやれと苦笑いを浮かべた。

「そういうこと。咲人くんがうちとちーちゃんを平等に好きでいてくれるか。あとは、咲人くんとちーちゃんが納得してくれればこの話はまとまるかな」

　千影も論破された気分なのか、諦めたような表情を浮かべている。

「千影さん……君もある意味すごいけど、君のお姉さん、とんでもないな？」

「ひーちゃんは天才なので……ん？　ある意味ってなにかね？」

「あ、いや、なんでもない……。でも、千影さんはそれでいいの？　俺、最低な彼氏になっちゃうけど……」

　千影はコクンと頷《うなず》いた。

「最も低いなら、これから高めていけばいいんです。そもそも最低だとも思っていません。高屋敷《たかやしき》くんと付き合えるなら、私は最高の気分です！」

　強くそう言われると、なんだか面映《おもは》ゆい。光莉のほうを向くと、

「ブイ！」

嬉《うれ》しそうにVサインをしていた。

そうして、双子姉妹は、改めて咲人に問うた——

「そういうことですので、高屋敷くん……」

「うちとちーちゃん、双子まとめて愛してくれる？」

咲人は大きく息を吐いた。

「自信はないけど……それじゃあやってみようか」

こうして三人の中で同意と納得があり——

《三人で付き合っていることは秘密にすること》

というルールが決まったのだった。

＊　＊　＊

洋風ダイニング・カノンを出ると、すっかり夜になっていた。三人は咲人を真ん中にして並んで駅に向かっていた。

「うち、お腹《なか》ペコペコ～……」

光莉がお腹をさすりながら歩くと、千影がクスッと笑う。

「今日はママが夕飯を作ってくれてるから」

「うん、おうちまで頑張るー……」

咲人が苦笑いで光莉《ひかり》を見ていると、反対の腕を引っ張られた。

「あの、高屋敷くん……」

「なに？」

「私のことは千影と呼んでください」

「ああ、じゃあ俺のことは咲人で……」

「じゃあ、咲人くん……――咲人くん……」

千影は急に顔を赤くして、クスッと可笑《おか》しそうに笑った。

「まさか三人で付き合うことになるなんて……思っていたのと違いました。でも、楽しみだったりもします」

「俺もびっくりで……あ、そうだ――」

咲人はポケットから千影のリボンを取り出した。

「これ、落としてたから返すよ。ゲーセンの前で落ちてたから」

「あ……良かった！　とても大事なリボンだったんです！　ありがとうございます！」

千影は受け取ったリボンを大事そうに頬に寄せた。

すると、光莉が急に二人の前に出た。笑顔のままで正面から二人を抱きしめる。

「うち、咲人くんもちーちゃんも大好き！」

「急にどうしたんだ？」

「どうしたの、ひーちゃん？」

「理由は特にないんだけど、幸せのハグかな？」

と、光莉が無邪気に抱きついてくる。さっきまで理路整然と三人で付き合うことを説いていた人とは思えない甘えぶりだ。

「あ、そうだ――」

光莉がゴニョゴニョと咲人と千影に耳打ちする。

「いや、それはちょっと恥ずかしい……」

「ほ、本当に言わなきゃダメなの？」

「えへへへ、決意表明的な？」

恥ずかしい思いで咲人と千影は見つめ合うが、光莉には敵《かな》わないと諦めた。

「わ、我ら、天に誓う……！」

「私たち、う、生まれた日は違えど……あれ？　私とひーちゃんは一緒じゃ……」

「いいから続ける！」

「あ、うん……えっと……だから、三人でこれからもずっとずーっと……！」

「楽しくラブラブでいることを願わん！　……て、感じかな？」

道端でなにをやらされたのか——恥ずかしくて敵わないが、これが三人にとっての「桃園の誓い」といったところだろうか。

三人は夜空を仰いだ。

できればその言葉通り——三人でこれからもずっと一緒にいられますようにと、ビルの谷間から覗《のぞ》く幾千の星に願った。

ツイントーーク！③　デートの前に二人で……

夜、『洋風ダイニング・カノン』から帰ってきたあと。

光莉と千影《ちかげ》は、明日のことについて千影の部屋で作戦会議をすることになった。というのも、明日は予定通り、千影と咲人がデートすることに決まったのである。

「……で、どうしてうちがちーちゃんをお姫様抱っこしないといけないのかな？」

「れ、練習……。お姫様抱っこされたとき、変な顔にならないように……」

「そんな状況になるとは思えないんだけどなぁ……じゃなくて、これはどっちかって言うと咲人くんの練習で……じゃなくて、重いよっ！」

「重い⁉　え、嘘《うそ》⁉　今からダイエットしたほうがいい⁉」

「明日には間に合わないぃ〜……これはうちの筋肉量の問題で……あわっ！」

と、光莉はいよいよ耐えられなくなり千影をベッドに落とした。

バインと弾んだ千影は、あわわわと頰を押さえて慌てる。

「咲人くんに重いって思われたらどうしよぉ〜……」

「それは、大丈夫じゃないかな？　性格的に重いって言われるより……」

「そ、そうなんだけど、物理的に！」

「うーん……その辺は大丈夫だと思うよ？」

光莉は疲れてベッドに腰掛けた。

「ねえ、ひーちゃん……」

「なに？」

「明日のデートなんだけど、本当に私だけ行って大丈夫なの？　ひーちゃんは……」

「うちはべつに、明後日《あさって》があるし。それで〜、咲人くんにー、あーんなことや、こーんなことをー……ふふっ♪」

光莉は頬を赤らめながらニヤニヤと笑う。

「な、なにをする気ですかっ!?　そのあたり、詳しくっ……！」

と、千影は真っ赤になってベッドの上で正座した。

「それは〜……秘密。でも、キスまでしたってことは〜……」

「まさかその先に進むおつもりですかっ……!?　私を置いて行かないでっ……！」

「じゃあ、ちーちゃんも明日のデート、頑張らないとね？」

光莉はそう言うと、千影の頭を撫《な》でる。

光莉からすると、千影は本当に可愛《かわい》い妹なのだ。咲人のことを譲るつもりはないが、姉として自分だけ美味《おい》しい思いをするわけにもいかない。

だから、少しだけ発破をかけた。

こういうことにあまり自信のない千影に、頑張ってほしいという感覚は——歪《ゆが》んでいるかもしれない。その自覚はある。

けれど、千影に対して不思議と嫉妬心は生まれない。

咲人を好きでいるのと同時に、やはり千影のことが好きなのだと光莉は思った。

「でも……いざってなると、やっぱり怖いというか……」

「そうかな？　咲人くん、器は大きい人だし、ある程度失敗しても大丈夫だと思うよ？あまり完璧主義にならなくていいんじゃないかな？」

「そ、そうかもだけど……」

光莉は、ここは姉の出番かもしれないと思った。

困っている妹を放っておけないし、同時に、こんな自信のない妹を送り出して、明日のデートで咲人を困らせるわけにはいかない。姉として、彼女として。

「よし、じゃあうちに任せて！」

そう言うと、光莉はバタバタと自分の部屋に向かい、バタバタと戻ってきた。

手になにか、小型の機械を持っているようだが——

「ひーちゃん、それなに？」

「ふふーん。これを咲人《さくと》くんにバレないように使えば大丈夫！」

「え？　バレないようにってどういうこと？」

「ものは試し。ちょっと挿《い》れてみようか──」

光莉はニコニコとしながら千影に近づく。

「えぇっ⁉　ちょっと、ひーちゃん⁉　い、いきなり……あっ……──」

ベッドに押し倒されるかたちになった千影の目前に、光莉の顔があった。腹をまたがれ、すっかりマウントを取られている。

千影は光莉の顔をまじまじと見た。同じ顔だと言うのに、どうして姉のほうが綺麗《きれい》に見えるのだろう。自分にないものを持っているからだろうか。

きっと、自分よりいろんな経験が豊富だからかもしれないが──

「ちーちゃん、右耳貸して？」

「えっと、あの……あっ……」

右耳に光莉の指先が当たり、つい変な声が出てしまった。耳は弱い。息を吹きかけられるのも苦手なのに、光莉はふにふにと耳たぶを弄び始める。

「ふ、ふざけてる……？」

「ううん、確認。やっぱりうちのほうが柔らかいなぁって思って」

「それがどうしたの……？」

「ふふーん。人違いをしないためのおまじない。——じゃ、そろそろしてみよっか」

クスッと悪戯《いたずら》っぽく笑う声が千影の耳元で響く。

「へ？　ちょ……ちょっと待って……！」

「うちは最近使ってないけど、痛くないと思うから……」

「え……？　ちょっ……——つっ〜〜〜……」

怖くて目を瞑《つぶ》った。

が、右耳に違和感を覚えたあと、千影はゆっくりと目を開けた。

「……え？　これなに？」

おそるおそる触れてみる。

なんとなく硬さと形で察したが、右耳に挿し込まれているのはイヤホンだ。

「うちが前に使ってた『耳からうどん』のやつ。今はヘッドホンがあるから使ってなかったんだけど、ちーちゃんにあげるね」

「あの……私も持ってる……」

「まあまあ。せっかくの姉の厚意だから受け取り給《たま》え」

千影はイヤホンを外した。やはり Bluetooth 接続の、自分が持っている同じワイヤレスイヤホンだった。

「……それで、このイヤホンでどうするつもりなの？」

「ふふーん。決まってるよね？」

光莉《ひかり》は自分のスマホをひらひらと振ってみせた。

「――あ、そういうこと⁉」

千影はようやく理解した――理解したが、急に恥ずかしくなった。

「……ていうか、ひーちゃん……ややこしいんだよぉ……いつもいつも～……」

「……？　なんで？」

光莉は天然というか、なんというか――こういう色仕掛《いろじか》け的なことを他意なく平気でするので敵わない。もしや咲人はこれにやられたのではないか。そう思うと、千影としては釈然としない。

いや、自分だって本気を出せば姉くらいのポテンシャルはあるはず。

双子だから、たぶん、きっと――。

姉が協力してくれるみたいだが、それ以上に頑張らねばならぬと自分を奮い立たせる千影だった。

第8話　千影との初デートは……？

翌日、六月四日土曜日。梅雨入り前のこの日は朝から快晴だった。

時刻は九時四十五分、待ち合わせの時間の十五分前に、咲人は結城《ゆうき》桜ノ駅の前にある『アリスちゃん像』のところにやってきた。

それほど混んでいない時間帯だったので、すぐに目当ての人物は見つかった。

ただ、見つかったはいいが、なんというか――

「ち、千影……？」

「あ……！　こ、こんにちは、咲人くん……」

「こ、こんにちは……」

ぎこちなく挨拶を交わしたのは、初デートの照れが一つ。もう一つは――今日の千影の格好が気になって仕方がないということだ。

まず、思わず目が行ってしまうのは、かなり際《きわ》どいミニスカート。肩は出ているし、胸元も開き気味で、けして似合っていないわけではないが――なんというかキャラに合わない。

いや、千影自身もかなり恥ずかしそうにしている。彼女は普段からこういう服を好んで着ているのだろうか。

「あの、今日の服装……」

「せ、攻めてみましたっ……！」

「お、おう……攻めたね？」

「でも、これはさすがに恥ずかしいです……」

声が尻すぼみになっていく千影を見ながら、じゃあ着てくるなよというツッコミはさておき、なるべく見ないように咲人は心がける。

「それで、その……どうして恥ずかしいのに着てきたの？」

「咲人くん、こういうの好きかと……」

「き……嫌いではない。ただ、無理に着てほしいとは思わないけど……」

「ううぅ……ひーちゃんに借りるんじゃなかった……」

光莉ならたしかに着てそうだと思ったが、それがある意味不思議だ。双子で顔も体形も似ているのに、どうして服装で違和感を感じるのだろう。

ただ、落ち着かなそうにもじもじしている千影の姿は、なかなかに破壊力がある。そもそもスタイル抜群だし、それを惜しみなく見せようという姿勢は、ある意味で称賛に値する。

よく頑張ったと評価したいところだが、あまりほかの男に見られたくない。さっきから通りすがる男性たちの目が釘付《くぎづ》けだ。

そりゃそうか。それくらい千影は魅力的な女の子なのだ。

「次からはもうちょっと大人しめでいいからね……？」

「それだとひーちゃんに負けちゃいます！　ひーちゃんはもっと露出度高めなので！」

「えぇっと……その論理で争い続けたら、いつか取り返しのつかないことになるよ？　そうなったら、俺は隣を歩ける自信ないけど……」

千影も取り返しのつかない状況を想像したのか、顔を真っ赤にした。

「た、たしかに……包帯とか、絆創膏《ばんそうこう》とか……それは無理ですね……」

いったいどんな服装を想像したのだろうか。そもそもそれは服装だろうか。

少しだけ想像してしまい、咲人も真っ赤になったが、やれやれと気を取り直して彼女に笑顔を向けた。

「でも、俺のために頑張ってくれたことは嬉《うれ》しいよ」

「は、はい……あ、ちょっと待ってください」

千影は咲人から少し離れ、右耳に手を当てた——

『——よし、じゃあそろそろ移動開始。腕を組んで歩こうか！』

と、千影《ちかげ》が隠すようにつけているイヤホンから光莉の声がした。

「えぇっ⁉　拒否《ネガティブ》！」

腕を組むと聞いて、千影はビクッと反応した。

「いきなりそれは、だって……当たっちゃうから……」

『おっぱいのこと？　いいからいいからやってみよぉー』

「ら、了解《ラジャ》……」

双子がこっそりと通信していることを知らない咲人は、漏れてくる千影の言葉を拾って首を捻《ひね》っていた。

（……ネガティブ？　ラジャってなんだろう……？　独り言か……？）

やがて千影は大きく息を吸い込んで、咲人の元に戻ってきた。

「さ、咲人くん！」

「え⁉　な、なに……？」

「う、ううう……腕を組んでもいいですかっ⁉」

「えぇっ⁉　ま、まあ、いいというか、はい、どうぞ……」

咲人はもしやと思い、千影の胸元に一瞬目が行きそうになったが、なんとか堪《こら》えた。

「では……――宇佐見《うさみ》千影、行きますっ！」

と、千影は咲人の右腕をとった。じつは左腕のほうが位置的に落ち着くのだが、右耳にしたイヤホンを見つからないようにする工夫である。ちなみにこのあとの二人の心境は――

（あ……当たっちゃうよぉ～……！）

（あ……当たらなければどうということはない……！）

とまあ、戦闘《デート》開始である――

＊　＊　＊

「うわぁあああああ――……！」

「きゃぁああああああ――……！」

一時間後、咲人と千影は絶叫していた。

ここは『結城カノンワールド』といって、このあたりだと最大級の遊園地である。海が近いので高所からの眺めも良い。夜になるとパレードがあり、海上から花火が上がる。家族連れはもちろんデートスポットとしても大人気の場所だ。

今、二人が乗っているジェットコースターは、天空から海に落ちていくというコンセプトで作られているので、絶叫マシン好きにオススメだ。

スリルと爽快感を味わった二人は、次のアトラクションに移動する前に、広場のベンチで少し休憩することにした。

千影は咲人《さくと》が買ってきたドリンクを受け取ると、カラカラになった喉を潤した。

「はぁ～……生き返りました。ありがとうございます」

「いっぱい叫んだからね」

「そうですね――あ、ちょっと待ってくださいね……――」

と、千影は右耳に手を当てて「えぇっ⁉」と急に真っ赤になった。

「ら、了解《ラジャ》……」

またラジャって言ったな、と咲人は訝《いぶか》しむように見た。

「さ、咲人くん……！」

「え？　なに？」

「その……ド、ドリンクを……そちらの味にも興味がありまして……」

「え？　ああ、交換する？」

「は、はいぃ～……」

ドリンクを交換すると、ストローの吸口を見て千影は真っ赤になっていた。

「では……――宇佐見千影、行きますっ！」

と、ギュッと目を瞑《つぶ》りながらストローに口をつけた。

ところで、いちいちそのカタパルトから放出されるときのようなセリフはいるのだろうか。多少呆《あき》れながら、咲人も千影と交換したドリンクのストローの吸口を見た。

（なるほど、そういうことか……）

気にしては負けだと思い、咲人も口をつけた。

「ところで、どうして今日は遊園地だったの？　まあ、デートと言えばって感じかもしれないけど」

ふと千影はクスッと笑った。

「じつは作戦です」

「作戦？」

「普段の私は、たぶんキツい性格に見えると思います。態度とか、言い方もキツいし、それは自覚しているんですが……素の自分を出すのがどうしても苦手なんです」

千影は、本当は自信のない子なのかもしれないと咲人は思った。

彼女にだって、自慢できるところは多くあると思う。たとえば成績や、この優れた容姿など。それらが自尊感情につながらないのは、彼女がなにかに劣等感を抱いているからだろう。もしかして光莉《ひかり》だろうか。

　そんなことを思いながら、千影の言葉に耳を傾ける。

「でも、素の自分は、こういうところが好きだったり、可愛《かわい》いものが好きだったりします。お洒落《しゃれ》にだって興味はあるし……そういう自分を知ってほしかったんです」

「そっか……教えてくれてありがとう」

　遊園地だと素の自分が出しやすいのだろう。たしかに、今日の千影はいろいろな表情を見せてくれている。思わず見とれてしまうほどに、千影の表情は明るくて柔らかな印象だ。

　こうした無邪気な姿は学校では見られないので、なかなか貴重だと思う。

「普段からそうしてればいいのに」

「それはちょっと……」

　千影は咲人のほうを向いて、はにかんだように笑った。

「家族と、友達と……心を許せる人にしか、恥ずかしくて見せられないので……」

　そう言われるとなんだか面映《おもは》ゆい。

　心を許せる人の中に、自分も加えてもらえたのかと。

「敬語は？　光莉には普通に話せてるみたいだけど、俺にも気軽に話していいよ？」

「これは『地《じ》』と言いますか、咲人くんがそうしてほしいのなら直します」

「ああ、いや、そのうちで大丈夫」

千影の敬語は、距離を置くような話し方というより、柔らかな印象を与える効果がある。聞いていて心地よいし、彼女の魅力の一端でもある。

本人が無理に使っているわけではないのなら変える必要もないだろう。無理強いはしないが、いつか光莉と同じように話してもらえたら、それはそれで嬉しいかもしれない。

「そうだ。気になってたんだけど、どうして俺のことを好きになってくれたの？」

千影は急に恥ずかしそうな表情になった。

「塾で……私が先に通っていたんですが、咲人くんはあとから入塾しましたよね？」

「うん。俺は夏期講習からだったし」

「そのときはあまり意識してませんでした。気に障《さわ》ったらごめんなさい」

「あ、いや……それで、どうして？」

「あれは夏期講習の終盤のことです——」

＊　＊　＊

——私は数学が苦手なほうです。考えて答えを出すまでに時間がかかるので、実力テストでは、中盤以降の応用発展問題を解くのに時間がなくなっていました。

その日は塾の授業が終わって、教室で居残りをしていました。

どうしても解けない過去問があって悩んでました。垂心と空間図形の問題でした。

こんなときに限って数学の先生が不在で、理科の先生にお願いしてもイマイチわからなくて――わかるまで粘ろうと一人で解いていたのですが、やっぱりダメで。

数学のアプリに頼ろうか迷ったんですが、いったんお手洗いに行ったんです。

そして戻ってきたら、ホワイトボードに私が解けなかった問題の解答と解説が書かれてありました。この数分間のあいだに誰が解いてくれたのかな？

とりあえず、お礼を言いに先生たちの控室に行ったんですが、みんな首を捻るばかり。

誰も知らないと言います。そうしたら、社会の先生がポロッと口にしたんです。

「そういや、さっき高屋敷《たかやしき》が帰っていったな……」

「高屋敷、さん……？」

「北中の男子だよ。最近残って勉強してるんだ。――ま、あいつならあり得るな……」

「え？　どうしてです？」

するとほかの先生たちも納得したように頷《うなず》いていました。

社会の先生はこう言いました。

「――あの子は、本物の天才だ」

勉強ができるという意味で、そう言ったんだと思いました。

そのあと、なんとなく気になってその男子のことを目で追うようになりました。

いつも暇そうにしています。眠たそうにしています。大きなあくびをしています。やる気がないのかと思ったら、みんなが問題を解いているあいだ、その人だけ解き終わっていました。

夏期講習が終わったあと、一度隣に座ったことがあるのを覚えてますか？

私は、どうしても確かめたかったんです。本当に、天才なのか。

そうしたら、本当に驚きました。まるで解答解説を写しているかのように、問題をスラスラと解いていました。まったく追いつけませんでした。

それからしばらくして――初めて咲人くんに話しかけた日のことです。

今さらですが、あのときはとても勇気が要りました――

「あ、あの……」

「え？」

「う、宇佐見と言います……」

「ああ、はい……高屋敷です」

急に話しかけられて驚いた顔をしていましたね？　そのときの顔が印象的で今でも覚えています。私は、正直緊張しまくりで、顔が熱かったです、はい……。

それで、一度訊《き》いてみたかったことを訊《たず》ねてみました――

「どうして、ここの塾に？　北中から遠いですよね？　北中の近くにもここの系列の塾があったと思うんですが……」

「……まあね」

「じゃあ、どうして……？」

「……特に理由はないよ。普通に、みんなと同じように塾で勉強したかった。でも、ここに来て良かったと思う。気が楽だし、宇佐見さんみたいな真面目で努力家な人がいるから刺激になるんだ」

そのときの言葉と表情が印象的でした。

寂しいような、諦めたような、安心したような、そういう顔をしていました。

でも、そのときの私は、私のことを見てくれている人がいるんだなって、嬉《うれ》しかったし、恥ずかしかったし、刺激になると言われ舞い上がっちゃいました。咲人くんには追いつけないと思っていたので――。

ただ、冷静にあとで考えてみて――高屋敷くんには、地元の塾に通えない理由があるんじゃないかな？　……そう深読みしてしまいました。

高屋敷くんの言う「普通」ってなんだろう？　みんなと同じように、というのはどういう意味なんだろう？　普通というものに憧れを抱く人を、私は知りません。

前に、数学の問題の解答解説をホワイトボードに書いたかどうかは――

「――え？　さあ？　先生じゃないの？」

上手《うま》くはぐらかされちゃいましたが、私は気づいていました。

高屋敷くん、嘘《うそ》を吐《つ》くときの癖がありますから――。

＊　＊　＊

「――あの問題を解いたの、咲人くんですよね？　そろそろ答えを教えてください」

千影から笑顔を向けられ、咲人は照れ臭そうにそっぽを向いた。

「……まあ、ちょっと、出すぎた真似《まね》をしちゃったけど……」

「どうして、問題を解いてくれたんですか？」

「なんというか、宇佐見さんが悩んでる感じだったから、その……放っておけなかったんだ……」

千影《ちかげ》はクスッと笑った。

「咲人《さくと》くんはそう言って、いつも私のことを助けてくれますね」

「いや、正直出すぎてるとは思ってるんだけど……」

「いいえ、本当に助かってます。そういうところです……私が咲人くんを好きになったのは。出すぎと言いつつ謙虚で……そういうさりげない優しさも、頼りになるところも、私は全部好きです」

千影は目を細め、頬を朱に染めた。

あのころから千影は俺を意識してくれていたのか。何気ないことを特別な思い出のように話してくれて——あんな些細《ささい》なことで、彼女は今こうして好きと言ってくれているのか。

（良い子すぎるだろ……）

こんな子と付き合えて、照れ臭いというか、嬉しいというか。

「でも、だからというか、このあいだの中間テストの結果を見て残念に思って……」

「ああ……だから、あのときプリプリ……怒っていたんだね？」

千影は反省した様子で「はい」と頷いた。

「私は咲人くんが本当の実力を隠したんだと思いました。塾で、刺激になるって言ってくれたのはなんだったのか……自分勝手かもしれませんが、私は咲人くんに追いつきたいと努力してきました」

「俺に……？」

「はい。……私は天才ではないので、努力することしかできないんです。だから、あの結果を見て、急に裏切られた気分になったんです……。咲人くんに追いつきたくて努力してきたのに、どうして本気を出してくれなかったの、と……」

勝手に対抗意識を燃やしていた——ないしは、咲人に刺激を与える存在になりたいと努力してきた結果、千影は今の学年トップの成績を収めるようになった。

それなのに、実力を隠すようなことをされたので腹が立ったのだろう。

「あのときは、不躾《ぶしつけ》でごめんなさい……。でも、理由がハッキリして納得しました。咲人くんは目立ちたくない、出る杭《くい》になりたくなかったんですよね？」

「うん……」

千影はいちだんと真面目な表情になった。

「それは……私と会う以前に、なにかあったからですか……？」

「……まあ、いろいろ」

そう言って笑顔で誤魔化したが、千影は察した様子で「そうですか」と項垂《うなだ》れた。

「ところで、俺が嘘を吐くときの癖って？」

「それは……秘密です」

「え？　なんで？」

「だって……浮気《うわき》をしたらすぐにわかるようにしないといけませんからね？　癖を直されてしまったら、嘘かどうか測りかねますから」

と、千影は冗談っぽく笑ってみせた。重たくなった空気を変えたかったのだろう。

「あー浮気なんてしないしない……というか、千影と光莉《ひかり》と二人彼女がいる段階でキャパオーバーだからさ？」

そう言って咲人も冗談っぽく笑ってみせた。

＊　＊　＊

軽く昼食を済ませたあと、メリーゴーランドやお化け屋敷《やしき》、コーヒーカップなど、一通りアトラクションを楽しんだ。

アトラクションに乗るよりも待ち時間のほうが長かったが、他愛ない会話ができたので、待っている時間も苦痛にはならなかった。

そのうち夕方になった。園内を黄昏《たそがれ》が染める。

いつの間にか外灯がついていて、園内は夜の顔を少しずつ見せ始めた。もうすぐパレードの時間である。

「最後に、あれに乗りたいです」

と、千影が指差したのはライトアップされた大観覧車だった。

二人は三十分並んで待ち、ようやく自分たちの番になってゴンドラに乗り込んだ。

「観覧車に乗るの、人生初だ」

「すごく景色がいいんです。楽しみですね」

ゴンドラはゆっくりと回る。時計でいうところの九時に差し掛かったころ、咲人の位置から海が見え始めた。

「夕日に照らされて綺麗《きれい》だ。ほんと、すごく景色がいいね？」

「良かった。私もそっちに座ってもいいですか？」

「ああ、どうぞ」

千影は咲人の隣に座った。

そうして、二人はしばらくのあいだ、夕日に染まる海を静かに眺めた。

「綺麗ですね……」

「そうだね。こうしていると、一日の終わりって感じがするな」

「そうですね……咲人くんは、今日のデート、楽しかったですか？」

「ああ、もちろん」

咲人にとっては貴重な一日だった。学校とは違う、穏やかで身を委ねたくなる安心感が千影にはあるとわかった。

「千影といると、心が穏やかになるというか、安心できたよ」

正直に伝えると、千影は小さく苦笑した。

「それは嬉しいですけど、私的にはもっとドキドキしてほしかったです」

「ごめん、そんなつもりで言ったんじゃ……」

「いいんです……──あ、ちょっと待ってください……──」

と、千影は右耳に手を当てて「えぇっ⁉」とまた急に真っ赤になった。

「拒否《ネガティブ》！　拒否《ネガティブ》！」

（ど、どういうことなんだろう……？　ネガティブ……？）

咲人は隣で慌てふためく千影を見ながら呆《あき》れて待つ。なぜか話題に置いていかれているような気分だ。

少しして千影は両頬を押さえながら目を瞑《つぶ》った。

「ら、了解《ラジャ》……はぁ〜〜〜……」

「ど、どうしたの？」

「……え？　ああ、なんでもないですっ！」

なんでもありそうだ。

千影はなぜかキョロキョロとひどく落ち着かない。見ているこちらがそわそわする。

「え、えぇ〜っと……咲人くん、なにか忘れてはございませんか？」

「……ございません？　え？　なにを……？」

「で、ですから、その〜……ひ、ひーちゃんにして、私にはまだしてないことをですね……」

「あ、ああ、なるほど……。でも、いいの？」

「は、はい！　どうぞ……！」

ふと千影が緊張気味に目を閉じた。咲人はそっと手を伸ばすと——

「ひゃあぁ……⁉　耳ぃいい〜……⁉」

左の耳たぶに触れたところで、千影が身じろいで咲人の手から逃れた。

「な、なにするんですかっ……！」

「いや、だから……おまじない？　なんか、人違いをしないためのって……」

「おまじない……？　な、なるほど……昨日のアレはそういうことだったのか……」

千影はなにかを思い出して納得した。昨日のうちに光莉からなにかを聞いていたのかもしれない。

一方の咲人もなんだか納得していた。

光莉の言っていたおまじない――姉妹であっても、双子であっても、耳たぶの柔らかさは違うということだ。光莉と初めて会ったとき、彼女の耳たぶに触れさせられたのは、双子だと気づかせるためのヒントだったのかもしれない。

いや、ヒントにしてはちょっとハードルが高すぎやしないか。千影の耳たぶに触れる前提で出されたヒントなんて、ヒントとは呼べない。人が悪すぎる。

とりあえず、これは違うらしい。

だとすれば、光莉にして千影にはしていないことと言えば――

「ほ、ほかに、していないことがありますよね？」

「え？　な、なんのこと……？」

「あ、その顔は気づいてますね？　嘘を吐いたときの癖が出ていますよ？」

「うぐっ……!?」

「じゃ、じゃあ私から言います……ちゅーですっ！　私、まだしてもらってません！」

千影は静かに立ち上がって、座っている咲人の下腹部を跨《また》いだ。本人は脚を広げる格好になっている。ミニスカートの中、パンツが丸見えになっていることに気づいているのだろうか。

それから、咲人の顔の脇を通るように両手を伸ばし、後ろの窓を押さえるかたちになる。

つまり、今咲人の目の前には千影の豊満な胸がある。

これはマズい。立ち上がろうにも立ち上がれない。

咲人は目のやり場に困って、千影の真っ赤な顔を見た。

「あの、ち、千影さん……⁉　この格好は、いったい……⁉」

「う、上からの指示です！」

「上って誰だっ⁉　どんな命令が下ってるんだ⁉」

「お、おおお、押し倒せとっ……！」

「ちょっと待て！　その責任者を出せっ！」

「で、では……——宇佐見《うさみ》千影、い、行きますっ！」

と、千影が唇を寄せてくるが、

「ちょ、ちょっとタンマ！　やっぱりこれはダメだっ！」

と、咲人《さくと》は千影の唇が触れる前に止めた。

「……して、くれないんですか？」

「いや、する……でも、こういうのではなく、もっと、こう……千影《ちかげ》らしくいこう！」

そう言って千影を元のポジションに戻し、彼女の肩に触れた。

咲人はやれやれとため息を吐《つ》く。

「そこまで積極的に頑張らなくてもいいじゃないか？」

「でも、それだと……ひーちゃんに負けちゃうので……」

「勝ち負けとかじゃないよ。俺は、どっちも好きになったんだし、そこに優劣をつけるつもりはない。……気持ちは嬉《うれ》しいけど、千影は千影のペースでいいんだ。負けず嫌いを出すところは、もうちょっと違うところがいいと思うよ？」

「咲人くん……」

咲人は千影を安心させるように微笑を浮かべた。

「俺が、彼氏として、なんとかリードするから……」

「……わかりました。では、お任せします――」

そう言うと、千影は静かに咲人の首に腕を回した。咲人は彼女を静かに引き寄せる。

ゴンドラは十一時を回っていた。

遥《はる》か地上では、明かりが消えて暗くなったと思いきや、途端にライトアップが激しくなった。パレードが始まったらしい。賑《にぎ》やかな音楽がゴンドラの底に響く。

花火が上がった。赤、青、緑、黄色、オレンジ――。上空は、次々と色と音が弾《はじ》ける幻想的な世界に包まれた。そんな魔法の時間が始まったころ――。

二人は静かにキスを交わしていた。

長く、柔らかく、優しい時間が静かに過ぎていく。ゴンドラが三時の位置を過ぎていた。

ゆっくりと離れた二人は、火照《ほて》った顔で見つめ合う。

「改めて問います……私とお付き合いしてください」

「うん……これからも、よろしく――」

そうして、二人はもう一度キスを交わした。

＊　＊　＊

遊園地を出て、電車に向かって歩いていると、咲人と千影は自然に腕を組んでいた。

はしゃいで歩き回って疲れたのもあるが、デートの余韻が大きかった。この一日で、千影との距離がぐっと近づいた気がした。

「今日のデート中、咲人くんからひーちゃんの話が出ませんでしたね？」

「デート中に、ほかの女の子の話題は禁句だと思って」

「それ、誰から教わったんですか？　場合によってはムムムーです」

「……一般常識かな？」

咲人は叔母のみつみから教わったと言おうか迷ったが、それよりも千影から光莉《ひかり》の名前が出たことのほうが気になった。

「咲人くん、本当は気になっているんですよね、ひーちゃんのこと……」

「え？」

「たぶん、普段の……学校のことですよね？」

デート中に訊くのは遠慮していたが、どうやら見透かされていたらしい。

「……まあ、訊《き》いていいか悩んだんだけど、学校を休んでいる件が気になってる」

千影はふと視線を膝に落とした。

「……最近ずっと欠席していて、じつは先日ひーちゃんの担任の先生とお話ししたんです。このペースだとかなりマズいと……」

「欠席する理由は？」

「わかりません。両親にも話してくれないので……」

「そっか……。中学や小学校のときは？」

「小学四年生あたりからちょくちょく休みがちでした。中学になってから一気に増えて、そのときも理由は特に話してくれませんでした……」

「不登校ってやつか……」

咲人はそこで一つ納得した。

どうして光莉の話題が学校で出なかったのか。出なかったのではなく、誰も口に出さないようにしていたのだ。

不登校生徒は今どき珍しくない。咲人の中学時代も、クラスに一人はいた。社会的に見ても、小学校から中学校にかけて、不登校の人数はぐんと増えていく傾向にあるという。

理由は様々で、本人が理由について理解していないケースもあるらしい。大半は本人の『無気力・不安』からくるそうだが、『親子の関わり方』や『学業の不振』など、べつの理由と重なることもある。だから、端的に理由の判別はしづらいのだという。

クラスを受け持つ担任教師の対応は——咲人が知る限り、不登校の生徒の話題には触れないという感じだった。

ただ、けして問題に蓋をしているわけではなく、あえて触れないだけ。

もしクラスでその話題が上がったら、誹謗《ひぼう》中傷には厳しく律し、思いやるなら笑顔で共感するというのが常だった。

そうしたことが数年続いていくとどうなるか。生徒たちの中にもルールが形成される。

教師と同じ、不登校のクラスメイトにはできる限り触れないという暗黙のルールだ。

無視するわけではなく、触れない。

不登校の生徒本人も触れられたくないと感じているかもしれないし、周りはどうしていいのかわからず、けっきょく触れてはならないのだと思ってしまうのだろう。

今まで学校で光莉の噂《うわさ》を聞かなかったのは、そういうことなのだろうと咲人は思った。

「ご両親は？　困っていたりするのか？」

「いいえ、ひーちゃんのやりたいようにやったらいいというのが宇佐見家の結論です」

咲人は頭を悩ませた。

「その……放任主義的な感じか？」

「それに近いかもしれません。ただ、ひーちゃんのことを信じているんだと思います」

「信じてる？　なにを？」

千影はいっそう真剣な目で咲人を見た。

「じつは、ひーちゃんは……あ、ちょっと待ってください……――」

千影は右耳に手を当てて「ええっ⁉」とまた急に真っ赤に――またこのパターンか。

「拒否《ネガティブ》！　拒否《ネガティブ》！　――え？　じゃあ肯定《ポジティブ》？」

（なんで急に前向きになった……？）

独り言（？）が終わると、千影が急に「はふん」と脱力して、咲人の肩に頭を乗せた。

「あの……今日はとても疲れて、到底家まで帰れそうになくて……」

「そ、そうなの……？　急にどうした？」

「休憩的なにかをしないと帰れないので、休憩を挟みませんか？」

「いや、まっすぐ帰れると思うんだけど……」

「そこを曲げて休憩がしたいとお願い申し上げているわけですので、ぜひ……」

千影は頭を咲人の肩にゴリゴリと擦《こす》りつける。なんだか話し方も変だし、歩きにくい。

「あの、千影──」

と、肩で千影の頭を押し返すと、反動でポロッとなにかが地面に落ちて転がった。

「あぁっ……⁉」

「ん？……イヤホン？」

咲人は拾い上げて自分の耳につけてみる。

『そのままお泊りコース！　うちもあとで行くから、場所を──』

「……光莉？」

『あ……』

咲人はキョロキョロと辺りを見回した。道路を挟んで向こう側の歩道、サングラスとマスクをした怪しい人物と目が合う。が、すぐに誰かわかった。向こうも見つかったことがバレたとわかり、小さく手を上げる。

『あははは……やぁ？』

「千影に変な指示を出していたのはお前か？　ずっとついてきていたのか？」

『えぇーっと……――緊急離脱！　さらばっ！――』

と、怪しい人物は駅に向かって駆けていった。

咲人は呆《あき》れながらイヤホンを外し、汗だくになっている千影の手にそっと握らせる。

「まあ、なんだ……自分とアイデンティティは大切にしようね？」

「…………はいぃ～……」

咲人はすっかり呆れていたが、一方で光莉はすごいやつなのではないかと思った。

言い方は悪いかもしれないが、ある意味「お堅い」はずの千影が、ここまで操られるとは思ってもいなかった。まったく、とんでもない姉である。

それでも、千影が可愛《かわい》いことには、なんら変わりないのだが。

第9話　宇佐見光莉は天才……？

千影《ちかげ》とデートをした晩、咲人《さくと》は疲れているはずなのになかなか眠れずにいた。

デートの余韻に浸るというより、帰りの電車で千影が話してくれたことが、どうしても気になっていた。

「――光莉は天才か……」

薄暗い天井を眺めていると、ぼんやりと浮かんでくるのは光莉の笑顔だった――

――今日の帰りの電車で、千影とこういう話をした。

「じつは、ひーちゃんは天才なんです」

「天才？　それって、勉強ができるって意味か？」

「ええ……それも、とんでもない才能の持ち主で――」

千影によるとこうだ。

光莉は家で物理化学の勉強をしている。中学のときは日本中学生科学大賞や、そのほかの公益財団法人が運営するコンクールで表彰をされたこともあるらしい。独自で様々な分野の研究をやっているそうで、その知識は多岐にわたる。

ちなみに光莉は全国中学三年生統一テストで一位——つまり、咲人と同着だった。

天才の定義によるだろうが、光莉は間違いなく非凡な才能を持っている。たまに見せる彼女の鋭さ、勘の良さも、千影の説明でなんとなく納得がいった。

とはいえ、咲人は彼女と自分は同等だとは思っていない。経歴を比較すれば自《おの》ずとわかることで、そもそも咲人は自分を天才だとも思っていない。

（比べるまでもないよな……俺は記憶力のいいモブだし……）

咲人は学校の成績、学力という結果だけ。強いて言えば記憶の整理くらいだろうか。

そもそもペーパーテストや全国一律のテストでは、学力が高いかどうかは測れても、天才かどうかを測るものさしにはならないと考えていた。

一方で、光莉はこれまでに様々な成果を出している。

まず間違いなく、天才と呼ぶにふさわしい人なのだろう——

（——それにしても、どうして光莉は学校に行かないんだろう……）

天才と不登校がどうしても結びつかない。自分のレベルに勉強が合わないからか、それともほかに理由があるとしたらなんだろう。

（期待される苦痛か……？）

光莉の天真爛漫《てんしんらんまん》で無邪気な言動。ゲームセンターに行って遊んだり、自由奔放。

もし彼女が周りから過剰な期待を寄せられているとしたら——可能性としてありえるのは、プレッシャーからの逃避、もしくは反抗とも考えられるが——。

(欠席の始まりは小四からだったか……明日、本人に訊《き》いてみるべきかな……)

咲人はそう思い直して静かに目蓋《まぶた》を閉じた。

＊＊＊

待ち合わせの時間は十一時で、場所は昨日と同じ結城桜《ゆうき》ノ駅だった。

約束の十五分前に着いた咲人は『アリスちゃん像』の前に立って、光莉が来るのを待っていた。昨日よりも人が多いのは、日曜の昼前だからだろう。

天気はあまり良くない。予報によると午後から雨マークがついていたので、おそらく今日のデートは屋内だろうと思った。

そんなことを考えながら待っていると、背後からこっそりと近づいてくる気配がした。

(来たか……)

咲人が振り返ろうとすると、急に後ろから両手が伸びてきて両目を塞がれた。

「だーれだ？」

咲人はすぐにわかった。

「……声は光莉で、塞いでるのは千影か？」

両手が開かれ、目の前の景色が戻る。振り返ると、やはりそこには驚いた顔の二人がいた。

「すごい！　なんでわかったのかな⁉」

「どうしてわかったんですか⁉」

「まあ、彼氏だからかな？」

声色は微妙に違うし、声が真後ろからではなく、少し離れているように感じた。冷静に考えてみればわからなくもなかった。

「最初は双子だってわからなかったのにっ⁉」

「ステレオでツッコむなよ……」

モノラルならまだしも、ステレオだとなお耳が痛い。

「それにしても、千影は昨日の格好とは違うんだな？　こっちがいつもの感じ？」

「はい……さすがに昨日のはちょっと……あははは……」

千影は、黒いベレー帽を被《かぶ》り、白の長袖ブラウスにチェック柄のハイウエストのプリーツスカートを合わせ、カジュアルなローファーを履いている。

可愛《かわい》らしさだけでなく、千影の大人っぽさや品の良さも引き出していた。

「うちはどうかな？」

光莉は、ベージュ色のキャンディースリーブのニットを、台形型の黒のミニスカートにインした格好をしている。そこに、シンプルなデザインのネックレスやUpple Watchを合わせている。ヒールの高い革ブーツを履いているので、千影より若干背が高く見えた。

「うん、すごくよく似合ってると思うよ」

「えへへ、でも今日はまだ大人しめかな」

（それにしても、昨日にも増して周囲の視線が突き刺さるな……）

さっきから男性たちの視線がこちらに集まっていることに、咲人も気づいていた。

一人だけでもお洒落《しゃれ》で可愛いのに、それが二人も目の前にいる。双子という物珍しさもあるのかもしれない。

「それで、今日は千影も一緒なの？」

「いえ、私は買い物に行く予定だったので、ひーちゃんについてきたんです」

「なるほど、俺はついでか……」

咲人が冗談のつもりで残念そうに言うと、

「ち、違うんですっ！　咲人くんに会いたくて……って、なに言わせるんですかっ！」

と、千影は一人で慌てて一人でツッコんでいた。

なんとなくわかっていた反応だけに、咲人はクスリと笑ってみせる。千影は恥ずかしそうに「もう」と言って、パタパタと手団扇《うちわ》で顔の火照《ほて》りを冷ました。

ふと昨日の大観覧車でのことを思い出し、なんだか照れ臭い。千影にあれだけの大胆な行動をさせた張本人は、ニコニコと何事もなかったかのように笑顔を浮かべている。

「ちーちゃん、今日はうちの番だからね？」

「わかってるって……！」

「ふふーん。いーっぱい咲人くんとあーんなことや、こーんなことしちゃおうかなぁ？」

そう言って、光莉は咲人の左腕に抱きついた。そのまま甘えるように身体《からだ》を引っつけ、咲人の肩に自分の頭を預ける。

「あわわわっ！　ちょっ！　清く正しいお付き合いをですねぇーっ！」

「うん。だから、一緒に遊んだりご飯を食べたりだよ？」

「っ――――……!?」

ヤカンから湯気が出るように、千影の顔が真っ赤になった。

「てことで、咲人くん、そろそろ行こっか？」

「お、おう……」

ぎこちなく歩く咲人を誘導するようにして、光莉は腕をとったまま歩く。歩くたびに光莉の胸の感触が腕から伝わってきて、咲人は平常心を保つのに必死になった。

「じゃあね、ちーちゃん……さよなら！」

「じゃ、じゃあ千影……お元気で！」

「って、どこまで行くつもりですかっ⁉」

真っ赤になって慌てる千影を尻目に、咲人はニコニコ顔の光莉の誘導に従った。

＊　＊　＊

ハンバーガーショップで軽く昼食を済ませたあと、いよいよ空が泣き出した。

「ふ、降ってきたな？」

「ま、室内だから関係ないけどね？」

「あ、いや、室内は室内なんだけどさ……」

ここがどこかといえば、宇佐見家の二階にある光莉の部屋だ。

ハンバーガーショップを出たあと、映画館でも水族館でもショッピングモールでもなく案内されたのは住宅街。まさか案内されたのがいきなり彼女の家だと思っていなかった咲人は、平静を装《よそお》いつつも、内心ひどく狼狽《うろた》えていた。

光莉の部屋は、意外にもスッキリと物が整理されている。ミニマリストとまではいかないが、物がないぶん広く感じる。ただ、どこからともなく女の子特有の仄《ほの》かな甘い香りがして、なんだかそわそわと落ち着かない。

壁際《かべぎわ》のコルクボードに貼られているのは、千影と一緒に撮った写真や、なにかの賞を表彰されたときのものだ。

「咲人くん、もしかして緊張してるのかな？」

「そりゃもちろん……」

「大丈夫。いきなりパパママに会わせたりしないし、二人とも今日は夜まで帰ってこないから、楽にしていいよ？」

わざと言っているのだろうか。今ので余計に緊張してくる。

ご両親はいないそうだし、千影も今出かけていていない。つまり、光莉の部屋で二人きりなのだ。これで緊張するなと言われるほうが無理がある。

「――んしょっと……」

と、いきなり光莉がキャンディースリーブのニットを脱いで、半袖になった。

「咲人くんもジャケット脱ぎなよ？　シワになっちゃうから」

「いや、いい……」

「でも、汗かいてるよ？」

「これは、その……心の涙だ」

「ど、どういうことかな……？」

苦笑いの光莉《ひかり》にジャケットを脱ぐように催促され、咲人《さくと》もしぶしぶTシャツになる。すると光莉はジャケットをハンガーに掛けるかと思いきや、それに顔を近づけた。

「クンクン……えへへへ～、咲人くんの汗の香りだ～……」

と、光莉はうっとりした顔になる。

「ちょ……⁉ 恥ずかしいんだけどっ⁉」

「そう？ 好きだけどなぁ、咲人くんの匂い……」

光莉はニコニコとしながらハンガーに掛けた。

しかし、このあとなにをするのだろう。光莉はゲームをするし、二人でゲームをするのだろうか。むしろゲーム以外のなにかが思いつかない。思いつかないが、思い当たるものといえば恋人同士のいろいろだが、さすがにそれは――

「咲人くん、ベッドで横になってて」

「……え？」

「ちょっと準備するから――」

＊＊＊

十五分後、咲人と光莉はベッドに横になっていた。

光莉は咲人の左腕を枕にして寝ている格好だ。そうして、カーテンを閉め切った薄暗い部屋で二人は天井を見上げていた。

ＢＧＭで流れている音楽のほかに、エアコンの送風音と、窓と天井を叩《たた》く雨音が聞こえてくる。それと、咲人の腕枕で寝ている光莉の微《かす》かな息遣いと、どちらともわからない高鳴る心臓の音も――

「……咲人くん、それじゃあ始めるよ？　いいかな……？」

「お、おう……」

「じゃあ……スイッチオン――」

と、光莉がリモコンを操作すると、天井が満天の星になった。

青白く輝く天井が、イルミネーションのように煌《きら》めいた。ゆっくりと星空が回転する。

やがて星と星が線で繫《つな》がり、図形になり、つくられた夜空に星座が浮かび上がった。

「どうかな？　この自宅用プラネタリウム。パパにプレゼントしてもらったんだー」

「す、すごいな……」

「こうやってね、お星様を見て寝るのが好きなんだー」

「へ、へぇ……」

咲人は十五分前の自分をぶん殴りたくなった。

(俺はなんて妄想をしてしまったんだ……)

つい邪《よこしま》な妄想を抱いてしまったのは健全な男子としては自然なことかもしれないが、光莉のこの純真な部分を汚《けが》すようなことをしてしまった。

普段が普段だし、昨日の千影《ちかげ》へのなかなかな指示もあって、期待するなというほうが無理かもしれないが。

「……それで、どうしてプラネタリウム?」

「星を見るって楽しいと思わない? それに、こうすれば二人でゆっくりできるし、ずっとくっついていられるから……ふふっ」

「まあ、たしかに……」

光莉はもぞもぞと動き出し——咲人の頰に唇を軽く押し当てた。

「急にどうした……⁉」

「ん〜? ほっぺた可愛いなぁと思って。ちっちゃい子のほっぺって可愛いからチューってしたくならない?」

「いや、俺はそこそこおっきい子だからっ……！」

「気にしなくていいよ？」

「いや、するよ！　修行僧じゃないんだから無理だよっ⁉」

「あ、そっか、なるほどね……クスッ」

咲人が慌てると、光莉は何度も唇を押し当ててくる。わざとらしい。まるで咲人の反応を楽しんでいるかのようだ。

そうして、今度は咲人の胸の上で人差し指と中指を歩かせる。ちょうど心臓に到達すると、そこに柔らかに手を置いた。

さらにそこを目指して光莉の頭が這《は》っていく。さらに密着する。

どう抵抗したらいいのか。咲人はひどく狼狽えたが──果たして、咲人の心臓に彼女の耳がピタリと当てられた。

心音を聴かれている。聴くまでもなく高鳴っているのは明らかなのに。

光莉はわざと密着したのだと咲人は悟った。

「緊張してる……心臓、すごい勢いだね？」

「ひ、光莉は緊張しないのかよ……？」

「ううん、うちもしてるよ……。確認してみる？」

と、咲人の空いている手をそっと取ると、徐々に自分のほうに引き寄せていく。このまま
まだと光莉の胸に触れてしまう。

これはいけない。咲人は彼女の胸に手が当たる直前でグッと全身に力を入れて起き上が
った。ぐるりと身を翻《ひるがえ》すように、ベッドの上で四《よ》つん這《ば》いになる。

すると、今度は光莉が咲人の下になるかたちになった。

咲人の目の前に、真っ赤になって目を見開いている光莉の顔がある。ガラス細工のよう
な綺麗《きれい》な目に、緊張と驚きが宿っている。興奮気味な咲人を見て、多少の不安を覚えたの
だろうか。二人は真《ま》っ直《す》ぐに見つめ合い、そして——

「さ、咲人くん……？」

「と……」

「……？　と……？」

「トイレ、どこ……？」

「い、一階の廊下の、つ、突き当たり……」

「わ、わかった……——」

咲人は光莉から静かに離れると、扉のほうへ向かった。

部屋から出ようとしたとき、光莉の様子がチラッと見えた。自分の心臓に両手を当て、

ベッドに寝転んで天井を見上げていた。

＊＊＊

（アレはマズい……マズいが、マズくないのか？　いや、マズいだろ……）

おかしな自問自答を繰り返しながら、咲人は階段を下りてトイレに向かっていた。

光莉の積極性については嫌いでもないし、最初から距離が近かったことも、スキンシップが多めなのも嫌いではない。むしろ、戸惑うことはあっても好きだった。

ただ、薄暗い部屋で二人きり――多少の悪ふざけもあったのかもしれないが、いつもより密着度も高く、それでいて歯止めがきかない。

あのまま流されていたらと思うと――いや、流されても良かったのか。

頭の中が混乱する。

このあと光莉とどう向き合えばいいのだろうか。

わからない。わからないが、千影のことも考えてみる。千影に知られればやはり怒られてしまうだろうか。先に進んだことに対抗意識を燃やすだろうか。まとめて付き合っているのだから、こういうこともまとめて――

（……って、なにを考えているんだ、俺はっ……！）

やはり混乱している。とりあえずいったん冷静に――

「――え？　咲人くん……？」

咲人は声のするほうを見た。ちょうど風呂《ふろ》場の脱衣所の引き戸が開いていて、そこにいた千影と目が合った。

いや、この場合どうして千影と目が合ったのかを先に考えるべきだった。千影は服ごとシャワーを浴びたように、頭の先から全身濡《ぬ》れていた。そうか、雨が降っていたしな――などと悠長なことは言ってられない。

彼女はちょうど服を脱ぎかけていたのだ。

スカートはすでに床に下りていて、雨で透けてしまった白いブラウスのボタンの、最後の一つを外したところ。ほぼ下着姿で、かろうじて脱ぎかけたブラウスが――などと悠長に見てもいられない。

「ひっ……ひゃぁあああ～～～～～～……⁉」

千影は全身を隠すようにその場にうずくまった。

真っ赤になって半泣きの状態だ。咲人は慌てて視線を逸《そ》らしたが、彼女の美しい素肌を見たあとだった。

「ご、ごごごめんっ！」

「な、なななんでうちにっ⁉」

「ひ、光莉に家に案内されて……！」

「ひ、ひぃーちゃんんん……！」

だいぶ困った。

まさか千影が帰ってきているとは思っていなかった。千影もまた光莉と咲人がうちにいることを知らなかったのだろう。激しい雨に降られ、帰ってきて玄関先にあった靴を見る余裕がなかったのかもしれない——が、事故は起きた。起きてしまった。

「と、とにかくごめん……！」

「き、着替えますので、向こうを向いていてください！」

「わ、わかった！　トイレ借ります！」

「どうぞぉ——っ！」

と、ドタバタだったが、咲人はなんとかトイレに駆け込んだ。

（あぁああ～～やっちまったぁ～～～……！）

宇佐見《うさみ》家のトイレで思いっきり叫びそうになった。

しばらくして、扉がノックされた。

「さ、咲人《さくと》くん……着替え終わりました……」

と、千影の声がした。

恐る恐る扉を開けると、部屋着に着替えた千影が、恥ずかしそうに視線を斜め下に落としている。

「さ、さっきのことは、じ、事故という認識で大丈夫ですよね……？」

「う、うん……故意ではないけど……ごめんなさい……」

素直に謝ると、千影は恥ずかしそうに身体《からだ》をもじらせた。

「も、もう気にしてませんし、私も扉を開けたままでしたので、ごめんなさい……」

大問題に発展しなくて良かった。

けれど、しばらくこの余波は続きそうな気がした。

＊　＊　＊

「――なるほど、ひーちゃんがお家《うち》デートを……むぅ～……」

千影《ちかげ》に事情を話すと、面白くなさそうに頬をぷっくりと膨らませた。

「ごめんな、勝手に家に上がり込んだみたいで……」

「それは大丈夫ですが……やらしーなにかはありませんでしたか？」

咲人は「うっ……」と呻《うめ》いたが、ギリギリそれは回避したことを思い出した。

「そうだ、光莉《ひかり》……」

「あ、今誤魔化しましたね？」

「ご、誤魔化してなんていないよ、あははは……」

と、笑って誤魔化すと、ムッとした表情を浮かべる千影だったが、急に表情が和らいだ。

「まあでも、咲人くんは色香には騙《だま》されるタイプではありませんよね？」

「ま、まあね……」

それについてはなんとも言えない。

「ひーちゃんになにかされそうになったら逃げてください」

「わ、わかった……」

すでに逃げてきたのだが。

二人はそんなことを話して二階に上がった。階段を上ってすぐに「ちーのへや」と可愛《かわい》らしい木製の表札があったので、ここが千影の部屋だろう。

ちなみに、その隣の光莉の部屋の前には「ひーのへや」とある。

「それじゃあ私は隣にいますので」

「わかった」

「聞き耳は立てませんので安心してください」

「訊《き》いてないよ……」

千影は自分の部屋に入っていったが、廊下に残された咲人の心境は複雑だった。

（さっきいろいろあったしなぁ……）

光莉と顔を合わせるのがなんとなく気まずい。

だが、あれからかれこれ十分くらい経《た》っているし、これ以上待たせておくわけにはいかないだろう。

（とりあえず千影も帰ってきてることだし、そのことを伝えておくか……）

と、思いながら咲人は扉を開けた。

「あ、おかえりなさい」

「ただい……――」

ま、まで言えなかったのは、扉を開けた瞬間にとんでもない光景が目に飛び込んできたからだった。

部屋は電気をつけて明るくなっていた。

先ほどはプラネタリウムの青白い光が部屋を薄《う》っすらと明るくしていたが、シーリングライトの光で眩《まぶ》しい。その光に照らされるように、光莉の真っ白な素肌が見えた。

服を着ていない。

下着姿だ。

なぜ――どうして、光莉はこの状態で平然と挨拶をしてきたのだろう。

たしかに挨拶は大事だと思う。けれど、服を着ていなくても挨拶は大事だという社会通念でもあるのだろうか。咲人はひどく混乱した。

「ひ、ひひひ光莉……⁉」

「ごめんごめん。まだお着替えの途中だったから」

と、光莉は苦笑いを浮かべる。

どうして千影のように隠す努力をしないのだろうか。そもそも、隠すつもりはないのだろうか。さらに咲人は混乱し、慌てて背を向ける。

「い、いいから服を着てくれっ！」

「うん。着るからちょっと待っててね――の、前に……えい♪」

と、そのままの格好で背中から抱きついてきた。

「なにしてんだっ⁉」

「うーん……寂しかったから、ハグ？」

「いやいやいや、それは服を着たあとでも大丈夫だろっ！」

「だって咲人くん、さっきは逃げちゃうから」

「今だって逃げ出したい気分だっ！」

「じゃあ拘束しないとね。えいえい♪」

と、光莉はわざとらしく抱きつく。

「光莉、ちょ……⁉　隣！　隣の部屋に千影がいるからっ……！」

「ちーちゃんは夕方まで帰ってこないはずだよ？　うちから逃れようなんてそうはいかないなぁ～」

「いや、本当だって！　雨が激しくなったから途中で──」

「ひ、ひぃーちゃんんん⁉　なに⁉　なんて格好してんのぉ────っ⁉」

と、部屋から出てきた千影に見つかってしまった。

このあと光莉が説教されたのは言うまでもない。

＊＊＊

ややあって、三人は宇佐見家一階のリビングの三人掛けソファーに並んで座っていた。あいだに咲人が座るかたちで、左右に光莉と千影がいる。

「ひーちゃん、ちゃんと咲人くんの気持ちを考えないとダメだよ？」

「うーん……それについてはちょっと反省かな……」

と、双子姉妹は咲人を挟んで会話する。

「あのさ、二人とも……」

「「なに？」」

「だから、その……なんでバニーガールなんだ〜〜〜……」

咲人の口から疑問と呆《あき》れがいっぺんに出てきた。

「えへへ〜、うちは咲人くんを喜ばせようと思って」

光莉は真っ白なバニーガール姿でニコニコと笑顔を浮かべた。上はチューブトップで、下はショートパンツタイプで、上下が独立しているやつだ。カチューシャ、アームカバー、レッグカバーもセットのようだ。

モコモコしたタイプで、触る勇気はないが、おそらく触り心地は良いのだろう。

「わ、私は……なんとなくです……！　ひーちゃんが着たからっ！」

と、恥ずかしそうに言った千影は、黒のオーソドックスなバニーガール姿だった。ハイレグタイプで網タイツまで着用。ワイシャツの袖のような、白いカフスもつけている。

ウサ耳二人に挟まれた咲人はとにかく気まずい。そういう系のお店かとツッコミを入れたくなる状況だ。

「というか、なんで持ってるの……？」

「去年のハロウィンのときに買ったんだ」

「わ、私がほしいって言って買ったものじゃありませんからっ……！」

なるほど、と咲人は一人納得した。

光莉がアクセルなら千影はブレーキだ。光莉だけだとどうしてもスピードが出すぎてしまうので、たまに千影がブレーキ役がたまに誤作動を起こす。それが今の状態なのだろう。

ところが、そのブレーキ役がたまにブレーキをかけなければならない。

「てことで、今からゲーム大会をしよう！」

「その格好でっ⁉」

「あ、じゃあ私はなにか摘《つま》めるものを用意しますね」

「その格好でっ⁉」

もはや歯止めがきかない状態にありそうだ。

徐々にスピードを上げたい咲人としては、自分の中の理性というブレーキが壊れないようにしようと、心に決めた。

ツイントーーク！④　明日からのこと……

六時過ぎ、咲人《さくと》が帰ったあと――

「ひーちゃん……今日はちょっとやりすぎじゃなかった？」

と、冷静になった千影《ちかげ》はバニーガール（黒）の格好のまま腕組みをした。

「うーん……楽しかったけど、ダメだったかなぁ？」

と、光莉はバニーガール（白）の格好のまま上を向いて考え事をする。

「ど、どれくらい咲人くんに迫ったの……⁉」

「えーっと……にしし♪」

「わ、笑ってないで教えてよっ！」

「昨日のちーちゃんほどじゃないかな？　たぶん？」

プリプリと怒る千影と、ニコニコと笑う光莉は両極端だが、けっきょくのところ自分たちの今の格好にはツッコミを入れなかった。

「それで、明日からのことなんだけど……」

「なにかな？」

「だから、その……ひーちゃんは学校に行かないの？」

「うーん……行こうって考えてるんだけど……」

「まだ足が向かない？」

光莉《ひかり》はうんと頷《うなず》く。

「ちーちゃんもいるし、咲人くんもいて楽しいとは思うけど……」

「けど、なに？」

光莉はそれ以上なにも言わず、誤魔化すように笑う。そんな姉を見て、千影は「ふぅ」とため息を吐《つ》いた。

「出席日数、そろそろマズいから……」

「やっぱり留年《ダブ》っちゃうかな？」

「うん、そろそろ……咲人くんと、今日、そういう話はした？」

「ううん……咲人くんは心配してくれてるのかな？」

「うん。昨日、ちょっとだけ話したけど、心配してる感じだったよ？」

千影が正直にそう言うと、光莉は「そっか」と言って苦笑いを浮かべた。

「それって、うちが彼女だからかな？」

「彼女じゃなくても心配すると思う。咲人くんは、そういう人だから」

「そっか、そうだよね……はぁ〜、ほんと付き合うことになって良かった〜」

「わ、私も付き合ってることを忘れないでね！」

そのあと二人は久しぶりに姉妹で一緒に風呂《ふろ》に入ることになった。

「そういえばひーちゃん、私のシャンプーとリンスたまに使ってない？」

「うん。すごくいい匂いだし、ごめんね？」

「どうりで減りが早いと思った」

千影が頭を洗い始めると、光莉が後ろから代わりに洗う。昔はよくこうして二人で入ったものだが、中学に上がってからはめっきり減った。

「痒《かゆ》いところはないですか～？」

「耳周辺はやめて」

「初めて聞く注文だね……」

と、光莉は店員のふりをしながら千影の頭を丁寧に洗う。

シャワーで洗い流し終えると光莉は急に思い出したようにクスッと笑った。

「そういえば、今日の咲人くんの慌てぶり……可愛《かわい》かったなぁ」

「積極的に迫られたら男子は……というか下着で抱きつくのはダメだよ！」

「ちーちゃんも下着で抱きついたんだよね？」

「だ、抱きついてませんっ！　今日のは、その……不可抗力でっ！」

「そういうラッキーなやつのほうが咲人くんは喜ぶのかな？　うーん……」

真面目に悩むポイントが違うと、千影は呆れた。

交代して、今度は光莉の背中を千影が洗い始める。

「そういえば昨日のデートの感想を聞かせてほしいなぁ？」

「それは、まあ……ひーちゃんのおかげで上手《うま》くいったかな？　咲人くんもドキドキしてたみたいだし、良かったと思うよ？」

「そっか。なら、お姉ちゃんとして役に立ったかな？」

「うん。ありがとね、ひーちゃん」

「えへへへ、また相談してね、ちーちゃん」

そのあとも二人はなんだか寝付けず、千影の部屋で、久しぶりに二人で布団《ふとん》を並べて寝ることになった。話題に上がるのは咲人のこと。デートのことや、普段の様子。これまでのことと、これからのことを――。

そうして二人はいつの間にか眠りに落ちていた。

同じ人を想《おも》うことで、姉妹のあいだに不和が起きるかと言われればそんなことはなく、二人の姉妹仲は、今までよりもいっそう良くなっていくのであった。

第10話　これって運命……？

双子姉妹とデートをした翌週から、咲人のモブな学校生活が一変した。

昼休みはいつも通りに学食に行くが、そこに千影の姿もあった――

「というか千影は弁当を持ってるじゃないか？」

「彼氏さんとご飯を食べたいと思うのはダメですか？」

「ダメじゃないけど……最初のうちは、周りに誤解されたらーとか言ってたくせに？」

「わ、私は誤解されてもべつに良かったんです！　咲人くんの覚悟を試してたんです！」

プリプリしながら言う千影がどうしても可愛くて仕方がない。棘《とげ》のない怒り方というか
――そもそも彼女は怒っているわけではなく、照れているのだ。

「ただ、周りにバレないようにしないと」

「ふふーん、対策は講じてあります」

「……どんな？」

「あーんはしません。我慢します」

「いやいやいやいや……」

そういうことじゃないだろ、と咲人は思いながら周りを見る。さすがに宇佐見《うさみ》千影のネ

ームバリューは大きいのか、咲人は自分も目立っていることに気づいた。

「やっぱ目立ってるな……」

「付き合っていると公言していないので大丈夫でしょう」

「メンタル強いなぁ……。付き合ってるのかって訊《き》かれたら、なんて返すんだよ？」

「そのときは『え、えっと……それは〜、ひ、秘密？』……という感じでいこうかと」

「バレるバレる……というかバラすつもり満々だろ、それ？」

頬を赤くして身体《からだ》をもじもじさせて言うものではない。

「なんて、そんなに気にしなくても大丈夫です。昔から『人の噂《うわさ》も七十五日』と言いますよね？　つまり噂が立っても七十五日後には誰も興味を示さなくなりますよ」

その理屈（？）だと、二ヶ月半は周囲の視線や噂を気にしなければならないのだろう。

しかし、かえって気にしすぎるほうが良くないと千影から言われ、半信半疑、咲人は開き直ってみることにした。

そして放課後になると——

「待ってたよ、咲人くん！」

学校帰り、駅で急に腕をとって上目遣いで見てきたのは光莉だ。

彼女は相変わらず欠席が続いていて、学校までは来られていない。ただ、制服を着ているときは、本人に行く意思はあるのだと千影から聞いていた。

「光莉、あのさ……」

「ねえねえ、お腹空《なかす》いてないかな？」

「まあ、それなりには……じゃなくて、あのさ……」

「うち、なにか甘いものが食べたいなぁ……じゃ、放課後デート開始っ！」

いつものように明るくて自由奔放だが、そういう性格の光莉にいつも千影は悩まされると聞いていた。その千影はというと――

「ちょっとひーちゃん……」

さっきからずっとそばにいたのだが、光莉が見せつけるようにべったりと咲人に引っつくので面白くないようだ。

「さ、咲人くんにベタベタしすぎじゃない……？」

「ひーちゃんは学校でベタベタしてないのかな？」

「し、してないよ！　じゃなくて、そこまでくっついているところを知り合いに見られたら、付き合ってるってバレるでしょ⁉」

「知り合いなら『秘密の関係だよ』って言えば大丈夫じゃないかな？」

「バレるバレるバレる！　バラすつもり満々でしょ、それ⁉」

そのセリフをそっくりそのまま千影に返したいと、咲人は頭を抱えながら思った。

しかし千影の言い分にも一理ある。光莉はさすがに人前でくっつきすぎだ。周りは仲の良《い》い異性の友人という受け止めをしてくれるだろうか。

「じゃあさ、ちーちゃんもくっついたらいいんじゃないかな？　うちだけくっついてるから付き合ってるように見えちゃうんだよ」

「あ、そっか！　それならバランスが――」

「って、おい！　千影、納得するな！　あと光莉、そういう誘導もダメ！」

けっきょく千影も咲人の右腕をとるかたちになった。

しかし、これはこれでどうだろうか。仲の良い双子姉妹と、そのあいだに挟まれているモブ――三人仲良しの構図という捉え方になるのだろうか。

「じゃ、三人揃《そろ》ったところで来週の土曜のデートの計画を立てに行こーっ！」

「うわっ！　ひ、光莉！」

「ちょっ……ひーちゃん⁉」

光莉に引っ張られると、付随して千影まで引っ張られる。

そのまま近くのハンバーガーショップまで行くと、来週の土曜日に三人で遠出する計画が立てられた。

「温泉地に行って足湯だけだと物足りなくないかな？」

「でも一泊二日のお泊まりにすると……あわわわっ……！　ダメです……！」

「……千影《ちかげ》？　なにを妄想した……？」

「たぶんちーちゃんは、うちと咲人《さくと》くんと三人で――」

「光莉、ちょっと黙ろうか……」

――と、こんな感じで咲人のモブな日常は一変した。
ドタバタで、ハラハラドキドキもあれば、癒やされることもある。一言で言い表すなら
「楽しい」ということになるかもしれない。
もちろん三人で付き合っていることは周りに秘密なのだが、二人から向けられる好意や言動はエスカレートしていく。
咲人もそれを受け入れるほかはなかった。なにせこの双子姉妹は、融通が利《き》くようでじ
つは我が強いという点でよく似ている。おまけに姉妹揃うとかなり強い。
光莉と千影は協力関係ではあるが、ある意味ではライバル同士なので、その火花はあい
だに挟まれる咲人に容赦なく降り注いだ。

だが、双子姉妹だからか――三人で一緒に腕を組んで歩いていても、それなりに嫉妬の目は向けられたが、不思議と周りからは「恋人たち」とは見られない。仲の良い双子姉妹と男子といったところで、まさか三人で付き合っているとは誰も思わなかったのだ。

この双子姉妹に引っ張られるかたちで、咲人はこのようなハラハラドキドキの日々を享受していた。

――けれど、楽しいことばかりではなく、こういうときに事件は起きる。

六月七日火曜日、梅雨に入って数日――

「ごめんなさい……来週の土曜日のデート……私は行けなくなっちゃいました……」

「え……？」

――暗雲が立ち込めた。

＊　＊　＊

「有栖山《ありすやま》幼稚園の『あじさい祭』？　ちーちゃんが参加するの？」

六月七日火曜日――その日の放課後、洋風ダイニング・カノンで、光莉《ひかり》と待ち合わせて三人で話し合うことになった。

光莉も寝耳に水といった感じで、多少戸惑っている表情である。

「うん……。有栖山学院《うちの》の系列の幼稚園の合同イベントらしくて……」

「どうしてちーちゃんが？」

「橘《たちばな》先生にどうしてもってお願いされちゃって……」

千影は苦笑いを浮かべた。

「どうして千影が？　生徒会とか、そういう役員じゃないのに」

「もともとこの合同イベントは、各高校から集められた有志による連携プロジェクトだったそうです。生徒会は予算を出すだけで、企画運営はあじさい祭実行委員という組織がやっていたそうですよ」

「連携ってことは……他所《よそ》の高校と合同で企画運営するって話か？」

「はい。最初は横の繋《つな》がりを作ろうっていうプロジェクトだったようですよ」

「ああ、なるほど……」

意識高い系のやつか、と思った。最初は、のところでなんとなく現状もわかる。

「ですが、だんだん規模が縮小していって、幼稚園の行事のお手伝いをすることになったそうです。——まあ、お手伝い、ボランティアという感じですね」

もともとは有志——つまり、そういう意識高い系の人たちが始めた連携プロジェクト・合同イベントだったのだろう。ところが、年を追うごとにモチベーションが失われていった。最終的には幼稚園の行事のお手伝いという感じで収まったのだろう。

——よくある話だ。

最初はモチベーションが高くても、年を追うごとに人が変わっていくと、次第に最初のモチベーションは失われていく。

そのままやめることもできず、ずるずると今年まで巡ってきて、品行方正で成績優秀な千影にお鉢が回ってきたのだろう。

「……理由はわかったけど、ちーちゃんじゃなくてもよくないかな？」

「でも、橘先生も困った様子だったし、私はやると決めたら頑張るよ？」

「ちーちゃんはそうかもだけどね……。あと、他所の高校ってどこかな？」

「結城《ゆうき》学園だよ。会議の場所は有栖山《うち》学院だって」

結城学園——いやまさかな、とは思ったが、一つ気になっていることを訊いてみる。

そこで咲人は顔色を変えた。

「にしても、なんで千影というか、一年生が？　二、三年は？」

「この時期、二、三年生は勉強で忙しいそうです。……あまり大きな声で言えないんですが、一年生の担当の橘先生に仕事が回ってきて、まあ、そんな感じだったそうで……」

言いにくそうにしているところを見ると、橘も誰かから押し付けられたようだ。見かねた千影が了承したのは、そういう事情があってかもしれない。

このあいだドンパチしたこともあったが、やはり橘は千影を認めている。千影も橘の事情を汲《く》んだようで、頼まれて折れたのだ。

「そっか……まあ、引き受けたんなら仕方がないけど……」

「そういうわけですので、二人は私に気にせずデートをしてきてください」

「「……………」」

「代わりに、私と咲人くんが二人きりで出かける日があればいいんですけど……それはいいですよね？　今から予約しておきます！」

と、冗談っぽく笑う千影を見て、咲人はやれやれとため息を吐《つ》きたいのを我慢した。

それは光莉も同じだったようで、咲人と光莉は互いに渋い顔を見合わせた。

＊　＊　＊

翌日の昼休み、咲人は千影を今回の連携プロジェクトに誘った張本人を探した。

橘は職員駐車場に続く校舎横のひっそりとした場所にいた。あまり来たことはなかったが、道の隅には青や紫色のあじさいが咲いている。橘は水やりをしていた。

「橘先生、ちょっといいですか？」

「……宇佐見《うさみ》千影の件かね？」

「っ……まだなにも言ってないじゃないですか？」

「違うのか？」

「違いませんが……」

話は早いが具合が悪い。まさか付き合っていることがバレているのか。プライベートを勘ぐられている気分になる。

そんな咲人を尻目に、橘は穏やかな表情で水やりを続けていた。

「宇佐見千影を今回の連携プロジェクトに誘ったら、君の名前をポロッと出したんだ。なにか予定がありそうに見えた。それに、校内でもたまに一緒にいるところを見かけるぞ？」

咲人は一瞬ドキッとした。

「今度、彼女とどこかに出かけるのかね？」

「……まあ、千影だけじゃありませんが」

念のためそう言うと、橘は考え事をするように顎に手を当てた。

「ふむ……。では私の考えすぎか……いや、それよりも私に訊《き》きたいことはなにかな？」

「ああ、はい……どうして千影を誘ったんですか？」

橘はふっと微笑を浮かべ、あじさいを見た。

「真面目で優等生、成績はトップ——おまけに彼女は、天性の努力家だ」

「え？」

「彼女の中三の春の成績はそれなりに良かったみたいだが、今ほどではなかった……」

「あの、なんの話をしてるんですか……？」

橘は水やりを始める。

「まあ、聞きたまえ。——ところが、彼女は中三の夏ごろからグッと一気に成績を上げた。よほど良い塾に通ったか——あるいは、そこでの誰かとの出会いが、彼女のモチベーションに繋がったのだろう」

「っ……」

「人は人との出会いで変わる。中三の彼女には確固たる目標ができたんだろう。——君も、そういう出会いが今までになかったかね？」

不意に橘が視線を向けてきたので咲人は目を逸《そ》らした。

「……まあ、あると、思います」

「だからだよ。今回宇佐見千影《ちかげ》を誘ったのは、彼女をもう一段階上に押し上げるためだ。彼女は一つのことに執着しすぎる傾向もある。幅広く、いろんなものを見て、いろんな経験をして、さらに物腰柔らかく、上を目指してほしい。そう思ったんだ——」

その言葉には人を信用させるなにかがあった。

教師だからか、大人だからか、それとも彼女の人生経験が言葉に重さを乗せているのかはわからないが、咲人を十分に納得させる説得力があった。

「自分のため……千影が真面目な優等生だからってことじゃないんですね？」

「真面目な優等生ならほかにもいるからな。——ただ、私自身のためというのはその通りだ。そもそも上の学年の教師らに押し付けられたんだ、まったく……」

橘はしれっと言ったあと、クスッと笑って再びあじさいを見た。

咲人は口実だとわかった。ほかの教師らに押し付けられたと言えば、千影がやると言ってくれるだろうと期待して言ったのだろう。千影は優しい性格だから——。

そして、そこには私情が介在している。けれどそれは悪いほうの私情ではない。

教師特有の「生徒のため」という想《おも》い——しらじらしさのない、大人が子供の成長を見守る優しさがそこにあるように感じた。

ならば仕方がないかと納得し、咲人はその場を離れようとした、そのとき——

「――草薙《くさなぎ》柚月《ゆづき》と松風《まつかぜ》隼《しゅん》」

唐突にその名前を橘が口に出したとき、発作にも似た感覚で心臓が跳ね上がった。

「……という二名が結城学園《むこう》の代表者としてくる」

「え……？」

「たしか二人とも君と同じ北中だと聞いた。知り合いかね？」

「……ええ、まあ、元同級生です」

咲人《さくと》は曖昧に返したが、喉の奥になにかが詰まったような声になった。

「明日からその二人が来る」

「あの、先生……どうしてそのことを俺に？」

「……なんとなくだ。気にしなくていい――」

そう言って橘は「ふぅ」と息を吐いた。やっぱりな、という顔だった。

＊　＊　＊

橘と最後に話した二日後。食堂で向かい合っている千影が「はぁ～」と珍しく大きなため息を吐いた。なにかを思い悩んでいる様子だ。

「どうしたの？」

「あ、いえ……ちょっといろいろありまして」

「いろいろ？」

「昨日の会議で……あ、でも大丈夫です！　気にしないでください！」

と、千影は笑顔になったが、どうにも無理をしているようにしか見えない。

ほかにも咲人には気がかりなことがあった。草薙柚月と松風隼――中学時代の同級生たちが今どんな様子なのか。ただ、やぶ蛇になっても面白くない。

咲人は大丈夫だと言い張る千影にそれ以上なにも訊かなかったが、やはり千影がいつもより暗いのがどうしても気になった。


そうして土曜を迎えた。

今日から一週間ほど雨が続くそうで外出するのも億劫《おっくう》だった。

その間も、光莉《ひかり》からＬＩＭＥが何度か届いた。千影は家で部屋にこもって、あじさい祭関連のなにかをしているらしい。想像以上に苦戦しているらしく、このまま放っておいても大丈夫かという心配のメッセージだった。

千影からは特にＬＩＭＥは来ない。

何度か送ってみたが、返信は遅く、あじさい祭の件はお茶を濁された。

千影は本当に大丈夫だろうか。

心配に思いつつも、やはり思い浮かぶのは結城学園の二人の名前だ──

──草薙柚月、松風隼。

あまり思い出したくない記憶が蘇《よみがえ》る。

雨の勢いが強くなり、屋根と窓を激しく叩《たた》いていた。

＊＊＊

週明けの六月十三日月曜日。今日も朝から雨だった。

千影は昼休みもなにかやらないといけないとかで、咲人は一人で学食に来ていた。

今日の日替わりランチは豚の生姜《しょうが》焼き定食だった。美味《おい》しいことは美味しいが、なにかが足りない──

『彼氏さんとご飯を食べたいと思うのはダメですか？』

――ああ、そうか。

咲人は少しだけ寂しいと感じていた。初めて学食に誘った日――

『だから、その……た、高屋敷《たかやしき》くんは私とカップルになりたいという意志があるということですかっ⁉』

などと、言っていた千影は、今ではもう彼女だ。

そもそもカップルになりたいという意志は千影のほうにあった。それは嬉《うれ》しい反面、今は彼氏としてなにもできていない自分に不甲斐《ふがい》なさを感じてしまう。

そして、なんとなく千影が一人で頑張っている姿が想像できた――

『負けず嫌いなんです。「出すぎた杭《くい》は打たれない」と昔聞いたせいでしょうか？』

千影はそういう性格だと言っていたが、一方で「怖い」とも言っていたが――

『まあ、もともとのそういう性格もありますが――』

横髪を括《くく》っているリボンの先を撫《な》でる千影が思い浮かんだ。

『今は、どうしても自分の頑張りを見てほしい人がいますから』

咲人は静かに箸を置いた。

彼女のために、なにかできないだろうか。もっと近くで、彼女の頑張る姿を、彼氏として、一人の男として見るべきではないだろうか。

出すぎたことかもしれないが——千影のために、自分も過去と向き合って、なにか、どうにか——。

頭の中で反芻《はんすう》していると、食堂から人がほとんどいなくなっていた。

第11話　今と昔は……？

六月十四日火曜日。土曜からずっと雨が降り続いている。

千影は今日も会議があるとかで、咲人は一人で駅までやってきた。光莉はすでに待っていて、咲人を見ると手を振って場所を教えてくれた。

光莉の表情は少し暗い。千影になにかあったのだろうか。

「昨日ね、ちーちゃんが遅くに帰ってきたんだけど、なんかいつもと様子が違ったんだよ。暗いっていうか、怒ってるっていうか……今度の合同イベントのせいかもだけど」

「そっか……。俺は昨日から会えてない。休み時間も忙しいみたいでさ……。それで、なにか話は聞けたか？」

「ううん……でも、あの顔はなにか嫌なことがあったときの顔だったなぁ……」

咲人は「そうか」と言って俯《うつむ》いたが、おおよそ見当はついていた。

おそらくは結城《ゆうき》学園から来ているあの二人——ただ千影がなにも言っていないので、断定するのはまだ早いが。

「咲人くん、どうしよ？　ちーちゃん、だいたいああいうときって一人でなんでもやろうとしちゃうんだ……」

「千影が心配？」

「うん……。ちーちゃんって昔から一人で悩みを抱え込んじゃうタイプだから……一人でいっぱいいっぱいにならないといいんだけど……」

光莉が珍しく表情を暗いままに話す。咲人もだんだん心配になってきた。

「……光莉、ちょっとゲーセンに行かないか？」

「え？　でも、それはダメなんじゃ……」

「光莉も気分転換が必要だろ？　暗い顔してるから」

「え？　そ、そうかな……そうかも……」

咲人は笑顔をつくると、光莉を連れてゲームセンターに向かった。

＊＊＊

ゲームセンターにやってきたはいいが、なにをしたらいいものかわからず、一階と二階をウロウロして回った。

今日はエンサムをやる気も起きない。光莉もそういうテンションではないらしい。けっきょく一階に下りて、ＵＦＯキャッチャーのあたりを回り、二人でケース越しにヌイグルミを眺めた。

「……これ、可愛《かわい》いなぁ」

光莉がポツリと呟《つぶや》いたのは、『ウサぴょこ』というウサギのキャラクター。ケースに入っているのはキーホルダータイプで、小さめの白タイプと黒タイプだ。

咲人はなんとなく先週宇佐見《うさみ》家に行ったときのことを思い出した。あの日はバニーガールだったが、光莉はウサギが好きなのだろうか。

「ウサギ、好きなの？」

「うん。ほら、うちとちーちゃんって名字が『宇佐見』だから、昔からなんとなく」

そう言って、光莉はコインを入れてアームを操作し始めた。

「──あちゃ～、ダメだね……」

とほほと笑って一回目で諦めた光莉は、やはり元気がなかった。

「白と黒、どっちを狙ってたんだ？」

「黒。ちーちゃんにあげようと思って。ちーちゃんもウサぴょこ好きだから」

「そっか……やっぱり仲良いんだな？」

「うん。今まで喧嘩《けんか》したこともほとんどないかな」

なんとなく想像がつく。千影《ちかげ》がなにかで怒っても、光莉はこの性格だし、姉妹喧嘩にならないのかもしれない。

「光莉は……千影と一緒に学校に行きたいって思ったことはある？」

「あるよ。小学校のときは毎日……ううん、毎日でもないか……」

「え？」

光莉は悪戯《いたずら》が見つかった子供のように笑った。

「うちね、小学四年生のときにね、クラスに仲の良《い》い女の子が二人いたんだ」

と、光莉は唐突に昔話を始めた。

ただ、懐《なつ》かしむように笑っているように見えて、なぜか彼女は寂しそうだ。「二人いた」というのは、今はその二人はいないということなのだろう。

「でもね、なにがきっかけか……急に二人がうちの取り合いを始めたんだ。向こうに行ってあそぼ？　ひーちゃんはこっち、って……」

「板挟みになったの？」

「うん……それがなんだかとっても辛《つら》くて、どうして仲良くできないんだろうって考えたんだ」

光莉は苦笑いで俯いた。

「でね、その二人の仲が悪くなったのは、うちが原因じゃないかって思って……。すごく悩んで先生に相談したけど『人気者は辛いね』って言われて、真剣に取り合ってくれなくて……。だから、学校に行かないほうがいいのかなって……」

それが学校に行かなくなった原因か。

喧嘩の仲裁のため――いや、この場合仲裁と呼ぶべきかはわからない。ただ、そのときの光莉《ひかり》は、問題を解決するために、そうするよりほかはなかったのだろう。

「そのときは二日休んで、それで、学校に行ったら二人が一緒になって心配してくれた。ひーちゃん、大丈夫？　って。そしたら、わかったんだ……」

「……なにが？」

「二人が仲良くしてくれるためには、うちはいないほうがいい。うちを心配する状況が二人を繋《つな》いでいるなら、うちが学校を休む必要があるかなって……」

咲人《さくと》は光莉の言わんとしていることを理解したかったが、いまいちピンとこなかった。今まで「学校を休む必要がある」という発想がなかったからだ。

学校に行かなければという登校する目的や理由は様々あっても――。

「でもね、学校に行かないとちーちゃんやパパやママが心配するから、いろいろ自分で勉強を始めたの。今は物理化学に興味があるけど、その前は生物や人間工学かな」

「そういうの、どうやって勉強したんだ？」

「本やネットもあるけどYouTubeはすごいんだよ！　世界中のいろんな人がいろんな分

野の研究をしていて、翻訳機能もあるし。あの字幕ってたまにおかしいけど」

咲人は「それはたしかにな」と苦笑いを浮かべる。

「天文学とかロケット工学も……スクールカウンセラーさんと話して臨床心理学とかも面白いなって思って」

それも、もしかすると逃避の一種なのかもしれない。

彼女はなんとなく自分に似ていて、わかったような気がした。

「それで、光莉は……学校に行くのが怖くなった？」

「……うん。きっと怖いんだ、学校に行くのが……うちのせいで空気が壊れるのが……」

消え入りそうだと思うくらい、光莉はうずくまって小さくなった。そうして咲人の袖を軽く握る。この腕を払えば、光莉は目の前から消えてしまうのではないかと思った。

「だから、ちーちゃんはすごいんだ……。一人でも、真《ま》っ直《す》ぐで……うちには眩《まぶ》しすぎて、一緒に学校に行きたいけど、足が動かなくなっちゃうんだ……」

「光莉……俺の考えを話してもいい？」

「え……？」

咲人は光莉を引っ張り起こした。

「千影は怖いって言ってた。目立つことは悪くないと捉えているみたいだけど、千影だって怖いときもあるってさ。だから光莉と変わらない。誰だって怖いものはある」

「でも、一緒の怖さじゃないよ……質というか、立場も状況も違うし……」

「そうだ。みんな抱えているものは違う」

光莉はキョトンと首を傾《かし》げた。

「でも、いつかその怖さに向き合うために、誰かと力を合わせないといけなくなるときだってあるんじゃないかな？　そりゃヒーローみたいに一人で立ち向かったらカッコいいかもしれないけれど、ヒーローだってたまには味方と協力し合うだろ？　そもそも俺たちはフツーの人間だけど」

すると光莉は「そっか」となにかを納得した。

「咲人くんは、うちをフツーの人間だって思ってくれるんだね？」

「あ、今のは失礼だったか？　天才って言われるほうがいい？」

「天才って……咲人くんに言われると、ちょっと皮肉に聞こえちゃうなぁ」

「なんでだよ？」

光莉はなにも返さずに、ふふっと笑った。

「うちね、咲人くんと出逢《であ》って、好きになって、キスされて……ようやく答えが見つけられたんだ」

「双子だってわかったあと、『二人とも好きだ』って言ってくれたでしょ？」

「うっ……！　い、今考えると最低発言だなって思うんだが……」

「ううん、うちにとっては最高宣言だった。あのとき咲人くんは、人間関係を断ち切るような言い方はしなかったよね？」

「それは、まあ、なんやかんやで二人のことは好きだったし、付き合えなくても仲良くしたかったのは事実で……そう思うのって、やっぱ最低かな？　都合良すぎるか？」

光莉は嬉《うれ》しそうに微笑《ほほえ》んだ。

「ううん、最高。咲人くんがあのとき言ってくれた言葉は、前向きな言葉だったよ」

「そうかな……？」

「うん。曖昧じゃないし、きちんと好きって言ってくれた。その上で、うちとちーちゃんのことを考えてくれた。友人でいようとしてくれた。——そのまんま、うちが小学四年生のとき言えなかった言葉だったんだ」

「え……？」

「二人とも大好きだから喧嘩はやめて、みんなで仲良くしたいから……あのときそれが言えたら良かったんだろうなって、ようやく咲人くんの言葉でわかったんだ」

「……答え？　なんの？」

そこで光莉の過去とリンクしていたのか。咲人はそこでもう一つ気づいた。

「そういうことだったんだな……だから、俺が二人の告白を断ったとき……」

「そう。『双子まとめてカノジョにしない？』っていう提案をしたんだ。あのときうちができなかった、ベストな答えを見つけた気がして」

咲人はいたく納得をしたと同時に脱帽した。

光莉は過去の自分と照らし合わせて、あの場面で新たな道を選んだ。人には非常識に見えても、これは三人のそれぞれの思いを一つにまとめた新たな道。誰も犠牲にならないし、誰も悲しまないそういう道だ。

対立した二人の友人のためにとった自分が学校に行かないという選択——そして不登校の経験を経て俺と出逢い、光莉はそういう道を新たに開拓したのだ。

「光莉……君はやっぱり天才だね？」

「えへへ〜、ブイ！」

ニコニコとピースサインをした彼女を見て、咲人は自然と笑みがこみ上げてきた。

「でもね、そういう発想に至ったのは、やっぱり咲人くんのおかげだよ。うちが言いたかったこと——うち自身がずっと悩んでいた答えを解き明かしてくれたから」

やれやれと苦笑いを浮かべた。

「ああいや……あの最低発言がここに至るとは思ってなかったな……」

「ふふっ、でも、最高の告白だったよ」

しかしまだだ。まだ、光莉の根本的な問題は解決していない。

「光莉、ちょっとそこ、代わって――」

咲人はコインを投下してクレーンを操作し始めた。

「どちらか片方しかとらないという選択は当たり前だと思うし、常識的に考えればそれが正しいかもしれない」

「え？」

「でも、俺も光莉のおかげでようやくわかったよ――」

クレーンは白と黒のウサぴょこを同時に摑《つか》んでいた。そのまま持ち上げると、落下口まで運んでいく。光莉が「あ」と声を出したとき、景気の良さそうな音が流れた。

咲人は取り出し口から落ちてきたそれらを出し、光莉に手渡しながら言った。

「俺は、光莉と千影と出逢えて、付き合うことができて嬉しい。どちらか片方なんかじゃなく、二人の喜びを両取りできて、毎日楽しくて、最高の気分なんだ」

「咲人くん……」

「だから、誰か一人でも欠けちゃダメなんだ。俺たちはジグソーパズルのピースみたいに、三人で一緒にいるからいいんだ」

「……うんっ！」

光莉は嬉しそうに目を細めた。

「だから光莉、頼みがあるんだ」

「頼み？　なにかな？」

「俺も、光莉と同じなんだ。今、学校に行くのが怖い……」

一瞬頭に中学時代の光景が蘇《よみがえ》りそうになったが、咲人は堪《こら》えた。

「咲人くんも？　今って……？」

「今、向こうの学校から来ている二人は、俺と中学時代にいろいろあった人たちで……それでも千影《ちかげ》のことが好きだから、なんとかしたい。──光莉が一緒に行ってくれるなら、怖くない気がする。だから、俺と学校に行ってほしい」

「でも、うちは……」

光莉は胸の前でキュッと右手を握る。迷っているのだろう。

咲人はぐっと顔を引き締めたが、その口元には笑みが浮かんでいた。

「光莉が怖いと思ったら俺が手を繋ぐ。一緒にいるから怖い思いはさせない。だから──」

思えば、光莉とは、ここで始まった――

『……？　どうしたの？　握手は苦手かな？』

『あ……――いや、なんでもない……』

あのときは、恐れた。同じことが繰り返されるのではないかと――。

けれど、もう迷わない。咲人は光莉に向けて右手を差し出した――

「だから、俺と一緒に……千影を助けに行かないか？」

＊　＊　＊

――して。

高屋敷咲人《たかやしきさくと》が「怖い」と感じている原因はどこにあるのだろうか。

それは、まだこの世界が色づく前、一人の少女と出会うところまで遡る――

それは咲人がまだ小学四年生のころ。

教室の片隅で、彼はいつも乗り物の図鑑を読んで一人で過ごしていた。

周りからは変わった子という扱いを受けていた。無表情で無口。抽象的なものの言語化が苦手で他人の感情に鈍感。そんな彼を嘲って「ロボット」と言う者もいた。

担任教師は咲人に対し、どこか、なにか、ほかの子と比べて異質なものを感じていた。

勉強や運動も人並み以上にできるし、手先が不器用だとかそういうこともない。ただ物事を粛々《しゅくしゅく》淡々とこなす。元気な子に比べれば大人しくて問題行動を起こしたりはしないし、むしろ優秀。優秀すぎると言っていいほどになんでもできてしまう。

感情表現が皆無なせいか、周りからは、かえってそれが不気味にも思われたのだろう。けれど、特段本人は気にしている素振りもないし、本人が困っていなければ助けるということもできず、担任教師はただ見守っていた。

けれど、彼にも心があった。

感情の表出ができないだけで、大人たちが自分に気を使っていることも、自分自身が周りに馴染《なじ》めない人間だということもわかっていた。

けれど、どうしたらいいのかわからない。

勉強も運動も人並み以上にできたし、一人で過ごしていても特段困ることはない。

集団行動を求められたら、同じ場所にいるか一緒に行動するだけでいい。意見も発言も求められないし、空気のように影響を与えずに過ごせばよかった。
だから、そのときの咲人は「困る」という感覚すらなかった。

そんなある日、咲人に転機が訪れる。

「ねぇ？　いっしょにあそぼ？」

昼休み、教室で本を読んでいたら、クラスの女の子に話しかけられたのだ。
――その少女こそ、草薙柚月《くさなぎゆづき》だった。

話したことはあまりないが、クラスメイトなので名前くらいは知っていた。彼女は白く小さな手を差し出してきた。自分は今、遊びに誘われているのだ。

その屈託のない笑顔を見て咲人は初めて困った。
こういうとき、どういう顔をしたらいいのだろう――。

それからも咲人は柚月に誘われた。
彼女は自分が見聞きしたいろんな話をし、いろんなものを咲人に見せた。
柚月はどうして一緒にいてくれるのかと咲人は思った。自分は特になにか面白い話ができるわけでもないし、楽しいことができるわけでもない。それなのに、どうして――。

疑問に感じていた咲人は、ある日訊《たず》ねてみた。

「——え？　咲人くんと仲良くなりたいだけだよ？」

不思議そうに首を傾《かし》げる彼女を見て、咲人も不思議に思った。

「どうして？」

「どうして……どうしてかな？　……おうちが近いから？」

そして、自分に欠けているものがようやくわかった気がした。

そこで咲人はある日、母親に相談した——

「ぼく、ふつうの人になりたい」

咲人が言う「ふつう」。みんなと同じように、普通に友達がいて、普通に気持ちを表現し、普通に生活をすること。ごく当たり前に、みんなと同じように。

母親は知り合いの伝手《つて》を使って、とある小児心療内科の医師と出会う。

そこで知らされたのは、咲人の生まれ持った「特性」——。

IQと記憶力が人よりも高い上に、過度の情報を苦痛と感じるほどに受け取ってしまう彼は、そのストレスのせいで感情の表出ができない状態なのだという。

医師のもとで情報を整理する方法を学び始めた彼は、母と一緒に様々な専門機関を訪れ、自分に欠けているピースを集め始めた。

相手が楽しいときや悲しいときの正しい反応はどうするべきか。

自分が楽しいときや悲しいときの正しい反応はどうするべきか、と——。

しかし、彼の無表情、無口は一向に変わらなかった。


訓練を始めて一年が経《た》ち、咲人は小学五年生になっていた。柚月とは相変わらず一緒に過ごしていたが、咲人に再び転機が訪れる。

ある日、咲人と柚月は、たまたま車が事故を起こす瞬間を目撃した。どういう理由かはわからないが車線をはみ出した車が電柱にぶつかり、折れた電柱が車のボンネット側に倒れた。

中に人が残っているのを見た。女性がぐったりしている。

そのとき、咲人の耳はかすかにパチパチッとなにかが弾《はじ》ける音を捉えた。

刹那、咲人の頭の中に車の構造とテレビニュースの映像が浮かび上がる——

電気配線ショート、燃料漏れ、エンジンルーム内の出火、国内での車両火災年間約四〇〇〇件……

——これから起こり得るシナリオが咲人の脳裏に形成された。

咲人は冷静に、柚月に大人を呼んでくるように言った。

柚月が立ち去ったあと、咲人は一人、煙の上がる車へと向かった——

柚月が大人の男性を連れて戻ってくると、車から煙が上がっていた。

咲人がぐったりとした女性を背後から抱え、アスファルトの上を引きずっている。

大人の男性は咲人と交代して女性を抱え、車から距離をとった。

いきなり運転席から火の手が上がった。

あと少し遅ければ女性は助からなかったかもしれないと誰かが言ったが——後部座席のサイドガラスが不自然に割れていたことを、誰も気に留めていなかった。

「すごい！　ヒーローみたい！」

柚月だけがはしゃいでいた。咲人が女性を引っ張っていた場面を見ていたらしい。

「ぼくはなにもしてないよ」

咲人はどうやって女性が車から逃れたのかは伏せた。

「ううん！　咲人がいなかったらあの人は——」

「いや、柚月が大人を呼んできたから……」

そんなやりとりがあったのち、咲人は少し「ヒーロー」というものについて考えた。

テレビのヒーローは嫌いだった。正義のためとはいえ、彼らは暴力で物事を解決する。結果的にやっていることは悪と変わらないのではないか。大義名分さえあれば正義の名のもとに、暴力は許容されるのはどうしてなのだろうか。

咲人はわからなかったが、困った人を救うのがヒーローならそれもいいと思った。ロボットから「ふつうの人」を目指していたが、ヒーローに路線変更するのも有りか。そうだ、「ふつうの人」になれないのなら、ヒーローを目指したらいい。ヒーローになるためには日々の努力が大事だ。頑張ってヒーローになろう。

そうして、咲人はこれまでの三倍努力しようと心に決めた。

咲人は小学校を卒業して中学に上がった。

このころから、徐々に柚月との関係は、咲人の思いに反して希薄になっていった。

小学校から中学校に上がると、テストが明らかに変わる。広いテスト範囲、問題数の多さ、細かい配点――それまで百点をとれていたのが、急に点数が落ち込んでいく。

そんな中、咲人は常に百点だった。それも全教科百点。

テストで百点をとるのは当然だと思っていたし、平均点や周りの点数を聞いても、そこになんら違和感は覚えない。人の三倍努力しているという自負があった。

しかし、咲人の頭の良さは、かえって「変だ」「おかしい」「異常だ」と周りは感じていた。柚月もやはりそちら側にいた。彼女はそのことを咲人の前では決して口にしなかったが、代わりに「すごいね」と言って、つくり笑顔で褒めた。

けれど、柚月の対応はまだマシなほうだった。

ある日の放課後の教室、クラスメイトの松風隼《まつかぜしゅん》が友人たちと話していた――

「高屋敷《たかやしき》ってさぁ、なんかロボットみたいじゃん？」

「わかるー。AIーとか搭載してそー」

「陰キャだし、ボッチだし、言われたまんまに動くとかさ、フツーじゃないよな？」

ロボットみたいで、陰キャで、ボッチで、フツーじゃない――それが咲人の評価だった。

その松風たちの輪には柚月も交ざっていた。

気弱な彼女は周りに合わせて苦笑いを浮かべていた。咲人がなにを言われていても否定はせず、じっと我慢をするように、苦笑いで返していた。

咲人はそんな柚月の心配をしていた。中学に入ってから、彼女は周りに合わせがちになり、どこか疲れているように見えた。

きっと、ああいうグループにいると大変なのだろう。

松風たちのグループにいるのは彼女の意思だし、それを否定することもしない。

　ただ、彼女のあの苦笑いは、言いたくても言い出せない言葉があって、それは自分を擁護する言葉なのだろうと咲人は捉えていた。

　だから、咲人は誰からなにを言われても平気だった。

　ヒーローみたいだと言ってくれた柚月さえ理解してくれたらいい。

　理解してくれる人がいる――そう信じていたから。

　たとえ出る杭《くい》になったとしても、打たれても構わない。

　理解してくれる人がいる――そう信じて、疑わなかったから。

　まともに会って話せていない日々が続いているが、そのぶん自分も努力をしよう。

　そう心に決めて、咲人はそのあとも粛々淡々と努力を続けたのである。


　けれど、現実は思いのほか厳しいと、彼がこの後に知る日がやってくる――

＊　＊　＊

　――有栖山《ありすやま》学院の小会議室。

　千影《ちかげ》は一人忙しそうにキーボードを叩《たた》いていた。

「やっぱさぁ、こうやって真面目にいろいろ考えるのって、アオハルっぽくね？」

「あははは、だよねー……」

目の前で能天気そうに話しているのは松風隼、その隣で愛想笑《あいそわら》いをしているのは草薙柚月だ。この二人は結城《ゆうき》学園の一年生で、この合同イベントに参加するメンバーである。

当初、隼はこういうイベント系は得意だと話していた。コミュニケーション能力は高そうだが、他校の小会議室でも堂々と制服を着崩し、我が物顔で振る舞っている。

明らかに千影の苦手なタイプの男子だった。

一方の柚月は、隼と同じ中学出身ということもあって仲良く話している。けれど、次第にそうではなく、ただ彼に合わせているだけなのだと千影はわかってきた。

悪い子ではなさそうだが、気弱なタイプなのかもしれないと——。

そんな二人を目の前にして、千影はため息を吐《つ》きたいのを我慢していた。合同イベントが今週の土曜日、四日後に控えている。

当初は千影が去年通りにやるという方向で提案した。

限られた人数でできることは限られてくる。去年の成果と課題を踏まえ、今年も去年通りに課題を潰しながら進めるほうが建設的だ。

ところが、この松風隼という男が「それだと面白くない」と言い始めたのだ。せっかくだし、高校生三人でなにか園児たちに思い出に残るようなことをしようと言う。

千影はしぶしぶそのやる気を認め、最初は了承した。そうして、彼に言われるままに企画のアイディアを出した。

しかし、隼は千影のアイディアに否定的な意見しか言わない。理由は「それだと面白くない」とのことだった。

おまけに、会議場所が有栖山学院なので、自分たちをもてなすのは当然だろうという態度だった。彼らが飲み食いする菓子や飲み物は千影が準備している。百歩譲ってそれは許せるとしても、この余裕ぶりはどこからくるのだろうか。

このままではいけない。不安と焦《あせ》りと苛立《いらだ》ちが千影を追い詰めていた。

そしてようやく今日になり、企画が前に進んだ。ところが――

「あの……ちょっといいですか？」

「え？　なに？」

「準備期間が短い中で、これを全部有栖山学院《うちのがくいん》が用意するんですか？」

明らかに仕事の量が多い。加えて、どれも一人では厳しいものばかりだ。

「やりたくないっていうこと？」

こういう隼からの訊《き》かれ方にも千影は苛立ちを覚える。

「うちだけでは難しいです。道具の準備はうちでもできそうですが、幼稚園側に交渉の電話をしたり、結城学園《そちら》でできることはお願いしたいんですが？」

　すると、隼はへらっと口の端を上げた。

「合同イベントでも、こうして会議してるのは有栖山学院《ここ》なんだから、準備全般をしてもらうのは当然だろ？」

「合同イベントだからです。当日もこちらがやることが多いので、これだと回りません」

「それって、やる気の問題じゃないか？」

「やる気？」

　明らかに理不尽な量を押し付けられて、やる気もなにもない。

「だいたい、合同イベントで面白そうだからって参加したのに……うちは二人もこうして来てるのに、そっちは一人だけだしさぁ。――ま、宇佐見《うさみ》さんが悪いわけじゃないと思うけど、やる気を出してもらわないと」

　理屈っぽく唱えているが、要するに、自分たちはやる気がなくても悪くないし、やる気が出ないのは有栖山学院のせい、やる気を見せろといった風だ。

　千影としては、今この状況で、やる気がないと言われるのは釈然としない。

　こうして二人がダベっているあいだも、企画書を準備したり、資料を用意したりと、せわしなくやっていた――いや、正確にはやらされていたのだが、それにもかかわらず、やる気を見せろと言いたいのか。

柚月《ゆづき》が心配そうに見守る中、千影は頭に血が上りそうなのをなんとか堪《こら》える。

「だからさぁ、俺らでアイディアを出すから言う通りに動いてよ？」

千影がいよいよ限界に到達しようとしたとき、恐る恐る柚月が口を挟んだ。

「あの、隼くん……それだと合同でやる意味がないんじゃない？」

「いいっていいって。けっきょくどっちかが主導しないといけないんだから。人数多いこっちのほうに従うのは当然だろ？」

「だ、だよねー……そうかもだけど……」

柚月は隼に合わせるように言って、苦笑いを浮かべた。

「それとも、なに？　宇佐見さんがリーダーシップをとるの？　今からできるなら、俺たちは喜んで従ってあげるけど？」

明らかにできないとわかっていて言っている。挑発ではなく、服従しろと言っているのだ。残り日数や、この手の回っていない状況を鑑《かんが》みれば、千影は喉元まで出かかった言葉を引っ込めるしかない。

それにしても、どうして同じ三人なのに、咲人《さくと》と光莉《ひかり》と三人のときとこうも違うのだろうか。最初からこうなると知っていたら、橘《たちばな》に頼まれたときに断っていたのに――。

だんだん悔しさが込み上げてきた。不甲斐《ふがい》なさからくるものである。

思い通りにいかないからではない。こんなときまで、自分は咲人や光莉と三人でいるほうが楽しいと思ってしまうほど心が弱っている――そういう、不甲斐ない自分に対しての悔しさだった。

(私って、こんなに弱い人間だったんだ……)

そう思ったとき、信じられないことが起きた。

急にドアがノックされたと思ったら、ゆっくりと扉が開け放たれた。

千影は目を大きく見開いた。そこに現れたのは、今一番ここにいてほしい人――。

涙がじわりと滲《にじ》んできた。

「失礼します……って、千影? 大丈夫か?」

第12話　杭《くい》を逆さまにすれば……？

「咲人くん……え？　なんで……!?」

咲人が会議室の扉を開け放つと、千影はひどく驚いていた。薄《う》っすらと目に涙が浮かんでいるように見える。千影の状況を察して胸がズキッと痛んだが、彼女を安心させるように微笑を浮かべた。

「とりあえず入ってもいい？」

千影が「どうぞ」と言う前に、

「え？　高屋敷!?」「咲人……!?」

咲人の姿を見て、隼と柚月が同時に驚いた。

彼らと会うのは久しぶりだったが、咲人は軽く会釈《えしゃく》する程度で留《とど》めた。そうして千影のそばに行くなり、千影から耳打ちされた。

「……どうして来たんですか？」

「本気を出すときだと思ったんだ」

「……え？」

「千影、困ってるんだろ？　だから来た。……遅くなってごめんな？」

と、咲人は屈託のない笑顔を千影に向けた。

「そ、それは、嬉《うれ》しいですけど、嬉しいですけどー……！」

千影は真っ赤になった顔を隠そうとしたが、隠しきれていなかった。驚きと嬉しさがいっぺんにきて、なんとも言えないという表情だ。だが、まだ喜ぶのは早い——

「それと、もう一人助《すけ》っ人《と》を連れてきた」

「助っ人……誰ですか？」

開けっ放しの扉からひょこっと顔を覗《のぞ》かせたのは——


「やぁ、ちーちゃん」


光莉だった。悪戯《いたずら》が見つかった子供のような、気まずそうな微笑を浮かべていた。

「ひーちゃん……⁉　なんで……？」

「ちーちゃんを助けにきたぞー……なんてね？　うちも入っていい？」

と言って、光莉は千影のもとに行くなり、

「そうそう、ちーちゃんにお土産があるんだ——」

と、ポケットからウサぴょこを二つ取り出して、黒いほうを千影の手に握らせた。

「ウサぴょこ……？」

「うちとおそろ……──じゃなくて、今まで心配かけてごめんね？　いっぱい迷惑かけたから、今度はうちがちーちゃんのために頑張る番だから！」

千影の目からどっと涙が溢《あふ》れた。

光莉が自分のために学校に来たことがよほど嬉しかったのだろう。


「──久々じゃん、高屋敷《たかやしき》。部外者がなにしに来たの？」

隼《しゅん》は咲人を見てニヤついた。

「お前って『お勉強ロボット』じゃなかったっけ？　今は必要ないから帰れよ？」

途端に千影が目の色を変えた。

「どういうことですか、今の、その言い方は……？」

「千影、あとで説明するから……。それはいいとして──松風《まつかぜ》、悪いが俺と光莉は部外者じゃない。さっき正式に有志で参加することを橘先生に話してきた」

「はぁ？　そうなの？」

隼はいかにも不快と言わんばかりに顔をしかめた。

「つーか、そっちの子は……？」

「えへへ～、ちーちゃんのお姉ちゃんの光莉です。よろしくね、松田くん」

「松風だよっ！」

「そうだった、ごめんごめん」

と、悪びれもなく光莉は言う。今のはぜったいにわざとだ。

「……ところで松風くん、お勉強ロボットってどういう意味かなぁ？」

「……光莉!?」

光莉は──怒っていた。顔はニコニコしているが、怒気が全身から溢れている。

咲人が知る限り、光莉が怒っているのを見るのはこれが初めてだった。おそらく、咲人と千影《ちかげ》のために怒っているのだろうが──

「だから、そいつ、勉強しかできないロボットだからさぁ……なあ、柚月？」

「え……あの、えっと……」

柚月が口ごもると、光莉は納得したようにニコッと笑った。

「なるほど、嫉妬してるわけだね？」

「あ？　なんつった、今……？」

「君の感情は嫉妬だって言ったんだよ？」

隼がギロリと睨《にら》むと、光莉は真顔になった。

「君、自分より明らかに上にいる相手を下げることで安心を得たいタイプだよね？　優越感に浸ってないといけないから、自分より立場の弱い人、気の弱い人を周りに置いておきたい。同等以下じゃないと満足いかないんだ？」

「なっ……⁉」

「咲人くんがいい例。お勉強ロボットって皮肉……自分は勉強すらできないポンコツだって言ってるって、自覚したほうがいいんじゃないかな？」

「光莉、ちょっ……言い過ぎっ！」

と、咲人は慌てて光莉を止めた。

これから合同イベントをしていく相手に、なにもそこまで言う必要はないだろうに。

「なんなのお前？　つーか、さっきからベラベラと……こっちは高屋敷と同中なんだよ。お前より付き合いが長いんだから、俺らの関係に口出すなよ？」

「そりゃ出すよ？　今はうちらと『深い』関係だから。──それにしても、同中なのに咲人くんのことをぜんぜん理解してないんだね？」

「あ？」

「ううん、理解するのが怖いんだ？　ううん、すでに理解している。怖いから叩《たた》いてるんだよね？　でも、なんでだろー？　咲人くんにマウントを取りたがる理由って──」

光莉は探るような目で隼と柚月を交互に見た。二人はきまりが悪そうな顔になる。

相変わらずの洞察力に、咲人までひやりとした。

まったく、どこまで視《み》えるのだろうか、光莉は──。

「光莉、もうその辺で……」

「……ま、咲人くんがそう言うなら」

＊＊＊

ややあって、少し落ち着いたころ、咲人は千影からこれまでの経過の説明を受けた。

「──というところまでが、今のところ決定していることです」

「つまり、やることとなすこと、ぜーんぶうちの大事なちーちゃんに押し付けたって認識でいいのかな……？」

光莉がニコッと笑うと、隼と柚月が気圧《けお》された気がした。

「光莉、キレなくていいぞ……」

隼は相変わらずのようだ。中途半端《ちゅうとはんぱ》なリーダーシップで、相手にいろいろと押し付ける。中学時代となにも変わっていない。

「それにしても、この企画、マジか……」

と、咲人《さくと》は呆《あき》れた。

「文句あるのか？　俺たちは園児たちが喜んでくれるって思って——」

「悪いとは言ってない。問題は配置できる人員に限りがあるってことだ。三人で回せるのは去年のあじさい祭の通りだったらいけるはずだったが、人形劇だったり、ゲーム大会だったり、いろいろぶっこんで……やりたいこととできることは違うんだぞ？」

「頑張ればなんとかなるだろ……！」

「五人いたらの話だ。三人だったらどうするつもりだった？　……まさか、千影にいろいろ押し付けるつもりだったんじゃないだろうな？」

ギロリと睨むと隼は一瞬萎縮したが、睨み返してくる。

「お前、どうした？　俺にそんな口が利《き》けるやつだったか？」

一瞬、咲人は驚いた。隼が直接そんなことを言ってくるとは思っていなかったのだ。常に咲人を下に見ていたころは、わざわざ言葉にする必要もなかったはずだ。

もしかしたら、隼も案外、余裕をなくしていたのかもしれない。

「フン……そこの双子に気に入られて調子乗ってんのかよ？　ロボットのくせに……」

一瞬、その言葉に怯《ひる》みそうにもなった。

でも臆することはない。あのときとは違う。今は、二人がいる。

だから、咲人は自信を持って言い放った。

「俺はお前の都合通りに動くロボットじゃない」


「な、なんだよ、いきなり……？」

「千影と光莉《ひかり》も同じだ」

低い声で言うと、立ち上がろうとしていた双子から力が抜けた。さて――

「有栖山《ありすやま》学院は一人しか参加してないから、二人いる結城《ゆうき》学園の言う通りにしろ、だっけ？　今こっちは三人だ。お前の論理なら、従うのは結城学園《そっち》だよな？」

「っ……俺はそういうことを言ったんじゃ……」

「そんなアホな論理でも、少数派と多数派の意見なら、たしかに多数派のほうが強いよな？　それに、千影がリーダーシップをとっても構わないって言ったんだろ？」

「ぐっ……!?」

「いいさ、俺たちがとってやる。有栖山学院《こっち》の言い分に従ってもらえるな？」

隼は言い返すことができず、悔しそうに奥歯を噛《か》んだ。

「……なんてな。そもそも合同イベントだし、そんなレベルの低いマウントを取り合っても仕方がない。こっちがリードするけど負担は両校で平等に分ける。これでどうだ？」

するとは隼の袖を柚月《ゆづき》が引いた。

「隼くん、ここは咲人たちに合わせたほうがいいよ……」

「柚月が言うなら、まあ……」

説得されてしぶしぶという感じだが、隼は同意した。舌打ちしたい気分だろう。

しかし、面白くないから帰るという展開にならなかった。そこまでワガママなやつというわけではないらしい。

「じゃあ、こっちの千影と光莉がメインになって動く。俺たちへの指示は千影がする。光莉は自由に動く。松風と柚月は俺と千影の指示に従って動く。これでいいか？」

「わかりました！」「うん、任せて！」

千影と光莉が笑顔で同意すると、

「わかった……」

隼はもはや同意することしかできない様子だった。

しかし「あの」と、柚月が少し眉根を寄せながら手を挙げた。

「今のは同意できるけど、本当に大丈夫なの？　その二人に任せても……」

　咲人は自信を持って頷《うなず》いた。

「ああ、任せられるよ。ダメなら俺に全部責任を被《かぶ》せていい」

「咲人くん……」

　二人は真っ赤になって見つめてきた。おまけに、机の下でこっそりと手を握ってくる。

　いろいろバレるからやめてくれと咲人は言いたくなった。

「お前、今の言葉忘れんなよ？　ダメなら責任とれよな？」

「もちろんだ」

　隼は面白くなさそうに鼻を鳴らしたが、柚月も面白くなさそうに俯《うつむ》く。

「ずいぶん、その二人のことを……ううん、やっぱり、なんでもない」

　柚月が言わんとしていることを察して、咲人は微笑を浮かべた。

「この二人はすごいんだ。だから誰よりも信頼してるんだ――」

　――彼氏として。というのはさすがに言わないでおいた。


「じゃ、始めるか――」

　咲人がそう言うと、千影は立ち上がって黒板の前に行き、光莉は目の前のノートパソコンをぱっと開いた。

——そこからは、驚くべき速さで進んでいった。

千影が的確な指示で全体を回し、光莉が圧倒的な作業スピードで事務的なことを進め、咲人は陰ながら二人を支えつつ結城学園の二人と仕事を分担する。

咲人は双子姉妹に新たな一面を見た。

千影には普段見せない統率力があり、めきめきとリーダーシップを発揮した。こういうことに向いていそうだ。

一方の光莉は、二手、三手、四手と先を読んで行動する。先回りしていろいろやってくれるので、みんなはすごく助かっていた。

ちなみに、この合同イベントの参加がきっかけとなり、光莉は朝から学校に登校するようになった。千影は千影でいつも以上にいきいきとした表情で過ごしている。

そうして、双子姉妹が一緒に登下校したり、仲良く過ごしている姿が学校で見られるようになると、彼女たちに対する周りの評価も良いほうに変わってきたようだった。

咲人はそんな二人に挟まれる感じで、楽しく過ごしていた。

学食や放課後にドキドキさせられることもあったが、基本的には仲が良いだけ、双子姉妹にじゃれつかれているようにしか周りには見えなかったようだ。

一方、放課後に有栖山学院に通っていた隼《しゅん》と柚月も、すっかり双子姉妹の有能さや人柄を認め始めた。

ただ、隼はやはり心の底からは認めたくないといった風で、柚月と話していないときは面白くなさそうに振る舞う。たまに横槍《よこやり》を入れてくることもあったが、千影《ちかげ》と光莉が懇切丁寧に説明を——言い換えれば、隼が反論できなくなるまで徹底的に潰していた。

それでも、隼にサボるような態度はなかったので、咲人は少し安心していた。

「じゃあ、俺はちょっと職員室に行ってくるよ——」

咲人が職員室に向かったのち、あとに残された四人でこんな話が出た——

「ねえ、千影さん、光莉さん……」

おもむろに柚月が口を開く。

「咲人くんって、最初、変わった人だと思わなかった……？」

「「え？」」

「だ、だから……中学時代、浮いてたから……」

そこには侮蔑のようなものはない。どちらかと言えば心配しているといった風で、なにかを確認したいという口ぶりにも聞こえた。

「変わってる……どうかな？　うちは変わってるというより、最初からすごい人だと思ってるよ？　うーん……世界を変えられる人？　ヒーローみたいにね」

「ヒーロー……」

柚月はその言葉に思わず反応を示したが、考えるより先に、今度は千影が口を開く。

「咲人くんは私たちのことを大事にしてくれます。だから、信頼しているし、一緒にいて安心できます。だから、私たちにとってのヒーローです。ね？」

「うんうん！」

双子はニコニコと、まるで大事な人のことを話すように言う。

柚月はよほどこの双子と咲人は仲が良いのだと思った。

「……なにが違うんだろ……私と……」

ポツリと呟《つぶや》いた声は双子姉妹に届いていなかったが、一人だけ、そばにいた隼は、複雑な面持ちで視線を落とした。

＊　＊　＊

その後、事務的な作業は光莉が、それ以外の細々としたことは咲人がやっていた。

隼と柚月は千影の指示に従って周りの手伝いをし、急ピッチで準備が進んだ。

咲人は柚月の視線に気づいていたが、取り立てて話しかけることもせず、淡々と自分のやるべきことをこなしていた。

案外、三人で一緒にいるほうが、付き合っているとバレないとわかった。

そして咲人は自分自身の過去とも向き合っていた——

「——咲人……」

「ん？」

前日準備の最中、柚月がそっと話しかけてきた。

「最初に会ったとき言えなかったけど……元気だった？」

「ん？　まあ、見ての通り」

と、咲人は微笑を浮かべた。

「それで、俺になにか用か？」

「えっと、いろいろ、謝ろうと思って」

「え？」

「ごめん、最初会ったとき、嫌な態度をとっちゃって……。あと、中学のとき……あのと

きは――」

「いや、もういいよ」

わざわざ掘り返さないようにと、咲人《さくと》は微笑で遮った。

「ところで、そっちの学校はどう？　楽しい？」

「う、うん……それなりかな……」

柚月は少しだけ表情を和らげる。

「俺もこっちの学校に来て楽しいよ」

「そっか……それって、あの双子ちゃんたちのおかげ？」

「ああ」

自信を持って言えることがある。

光莉と千影――あの二人と出逢《であ》い、そして今のように三人で過ごさなかったら、たぶん今頃もモブライフを満喫していたと、強がって言っていたのだろうと。

＊　＊　＊

迎えたあじさい祭当日。

咲人は隼と一緒に交通整理や誘導を行っていた。保護者の数は意外に多く、一人だけだと手を焼いていたことだろう。

女子三人は保育園の先生と一緒に園児たちの相手をしていた。

「おねーちゃん、こっちこっち！　いっしょにきてー！」

「ひかりおねーちゃん！　こっちもこっちも」

「あはは、みんな、待ってほしいなー」

意外というほどでもないが、光莉《ひかり》は大人気だった。エプロンをして、ニコニコと園児たちの相手をする姿はなかなか様になっている。保育園の先生が似合いそうだ。

いっぽうの千影は男の子たちから人気だ。

「はい、きちんと並んでー。順番を守らないとだめだよ？」

「「「はーい」」」

千影もきちっとした指示で、リーダーシップを発揮している。光莉に負けず劣らず、エプロン姿が様になっていた。

一人、柚月は部屋の片隅にいる男の子に話しかけていた。ほかの園児たちの輪に入れない子のそばで、ニコニコと話しかけている。そういうところも相変わらずだなと思った。

そんな三人の様子を見ていたら、

「まさかゲーセンにいたのが宇佐見《うさみ》光莉だったとはな……」

と、橘《たちばな》が話しかけてきた。

「宇佐見姉妹は大人気だな。草薙《くさなぎ》もああして面倒見がいい。さっき保育園の先生たちからまたぜひ来てくださいとお願いされたよ。もちろん、君と松風《まつかぜ》の働きぶりも評価していた。担当として鼻が高いよ」

「そうですか。それは良かったですね？」

「それで、君はなにをニヤついてるんだね？」

「に、ニヤついてないですよ……」

橘はふっと笑みを浮かべた。

「そうか……まあいい。それにしても助かったよ。改めて……ありがとう、高屋敷《たかやしき》」

「ああ、いえ、まだ終わっていないですから……」

咲人はなんだか照れ臭くなって鼻の頭を掻《か》いた。

「ところで、宇佐見妹から聞いた。今回のイベントを手伝いに来てくれただけではなく、長らく学校を休んでいた宇佐見姉を引っ張り出してきたんだろ？　目立ちたくない君がどうした？　どういう心境の変化かね？」

「心境の変化と言いますか……自然に身体《からだ》が動いたんです」

「なるほど……自分の感情に、心に従ったということかな？」

橋はクスッと楽しそうに笑った。

「……なにか、変ですか？」

「いや、君の言う『フツー』の反応だろう。ただ、君のフツーはいささか私のフツーとは異なるようだがね……」

「え？」

橋は穏やかな笑顔を浮かべた。

「いや、なんでもない……。それより、松風と草薙とはきちんと話したのかね？」

「なにをです？」

「同じ中学出身なら、積もる話もあるだろうと思っただけだ。——まあ、彼らとそこまで親しくないのなら、話すこともないか……」

咲人は小さく息を吐いて、ポケットに手を突っ込んだ。

カサッと紙に触れる感触があった。

＊＊＊

光莉、千影、柚月《ゆづき》の人形劇も大盛況で終わり、園児たちが保護者と一緒に帰っていく姿を見送ったあと。

高校生も帰ることになったのだが、双子姉妹は幼稚園の先生に捕まって、いろいろと話しかけられていた。彼女たちの働きぶりが評価されるのは、咲人もなんだか嬉《うれ》しいが、もうしばらく終わりそうにない。

咲人は先に門へと向かった。そうして幼稚園を出たところで、

「――あ……！　咲人……」

と、柚月から声をかけられた。

「あの……その……」

「……？　……どうした？」

口ごもる柚月の前で、咲人はポケットに手を突っ込んだ。柚月に渡そうか悩んでいた手紙がある。この手紙を今渡すべきだろうか。このタイミングしかなさそうだが――。

すると、先に柚月が口を開いた。

「あの、私――」

「――柚月！　――……ん？　高屋敷？」

柚月がなにかを言いかけたところで隼がやってきた。

「二人でなに話したんだよ？」

柚月は慌てて顔を伏せた。

「べ、べつに……」

「ああ。べつになにも……」

「つーか高屋敷、お前高校デビューでもしたの？」

「え？　なんで？」

「すげぇ変わってたから。中学のときとは違うっつーかさ……」

奥歯にものが挟まったような言い方をする隼《しゅん》を前にして、咲人は苦笑いを浮かべた。

「そう思うなら、きっと柚月や松風のおかげかもな？」

「……は？」

「いや、なんでもない……今回はなんだかんだで楽しかったよ。ありがとう」

隼は「フン」と鼻を鳴らした。

「……柚月、そろそろ帰ろうぜ？」

「う、うん……」

と、二人は駅に向かって歩き出したが、柚月の足が止まった。彼女は振り返ると、真剣な眼差《まなざ》しで咲人を見た。

「咲人、また会える……？」

咲人は微笑を浮かべた。

「……機会があれば」

途中、柚月は咲人を気にして振り返っていた。

彼女と話をするのは、これきりかもしれないなと思いながら咲人はポケットの中の手紙を、さらに奥に押し込んだ。

じぃ――……――

不意に後ろから視線を感じた。光莉と千影《ちかげ》が訝《いぶか》しむような目で見ていた。

「お、お疲れ……？　な、なに？　どうしたの……？」

「柚月ちゃんと、なーんかあやしーなぁ？」

「も、もしかして、柚月ちゃんは咲人くんの昔の女ですかっ⁉」

「あー違う違う……柚月とはご近所さんで、幼馴染《おさななじみ》なんだ。というか昔の女って……」

すると光莉と千影はお互いに顔を合わせる。

「え？　幼馴染だったの？」

「ああ、ご近所さんなんだ。小学校と中学校は一緒だったけど、初めて話したのは小学四年生ごろだったな」

「ふぅん。じゃあそんなに親しくなかったんだね？」

「ああ、いや……昔は仲が良かったし……。今の俺があるのは柚月のおかげなんだ」

「「どういうこと？」」

あらぬ誤解をされても面白くないと思い、咲人は柚月のことを話すことにした。

「じゃあ、帰りながら話そうか──」

そうして三人はいつものように並んで歩き、少し寄り道をしてから帰ることになった。

駅の近くの公園で、ベンチに並ぶ三人。

果たして、咲人はこれまでの人生、自分にあったことを双子姉妹に話し始めた──

＊　＊　＊

──して。

咲人が中学三年になったころ。

柚月とはすっかり疎遠になっていたが、彼はヒーローを目指して努力していた。

もちろんわかっていたことだが、ヒーローという職業は存在しない。

それに代わるなにか──人の役に立てる仕事に就きたいと思っていた。警察官、消防士、弁護士、医師——そうしたなにかに自分はなりたいと思った。

柚月は喜んでくれるだろうか。

あのときの一言がきっかけで自分はこうして変われた。変わろうと努力できた。

いや、その前からずっと——。

初めて手を差し伸べてくれた日、あのとき笑顔を向けられて困った。

でも、今ならどういう表情をしたらいいのかわかる。

そういえばもうすぐ柚月の誕生日だ。今年はなにをプレゼントしよう。

そんなことを考えていた折、学校で彼女から声をかけられた。七月の半ば、あと一週間で夏休みに入ろうとしていた時期である。

「あのね……今日の放課後、咲人《さくと》に話があるんだ……」

どこか気まずそうな顔。不安を抱えているような顔だった。

咲人はなにかを察して、放課後に校舎裏へと向かった。

先に柚月が待っていた。彼女はきまりが悪そうな顔で口ごもるようにしていたが——

「私ね、ずっと前から咲人のことが好きだったの……」

「え……？」

「私と、その……付き合ってもらえないかな？」

「……なんで急にそんなことを？」

その瞬間、なぜか心臓が高鳴った。

彼女は俺のことを好きだったんだろうか。いや、そうではない。

本当はわかっていた。彼女はもうとっくに、自分とは違う居場所を見つけていたことに。

だから心臓が跳ね上がったのはただの「驚き」。都合の良い勘違いなどではない。

「えっと、それは……──」

そのとき、咲人の耳はかすかにジャリと石を踏む音を捉えた。柚月でも自分でもない、
誰かが近くにいて、砂利を踏んだ音。やはり、そうか──咲人は急速に理解した。

じつは最近クラスでよく耳にしていたワードがあった──

「──もしかして、誰かに告白しろって言われた？」

「え……？」

「だから、罰ゲーム告白……違うのか？」

「っ……!?」

柚月の目が驚きで見開かれ、ぶるっと身体が震え出した。

咲人にはわからない。彼女はなにに怯《おび》えているのだろう。

仲間内でなにかゲームをし、軽い冗談でやったことなのだろう。それとも強制されたのだろうか。だとすれば強制したやつらに注意をしないと。

だから、柚月を責めるつもりもなければ、彼女だから許せる自信が自分にはある。

自分に道を指し示してくれた、大事な幼馴染なのだから。

——それなのに、どうしてこんなに胸が苦しいんだろうか。

こういうときに彼女に向けるべき顔は——ああ、そうか。

誰かが不安を感じているときは——こういうときの顔を知っている。柚月に声をかけられたあの日、できなかった顔だ。彼女のように、自然に——

咲人は自分が知る限り、初めて笑顔になった。心の底から彼女を思いやり、許し、励まし、これまでの感謝を伝えるような笑顔だった。

その屈託のない柔らかな笑顔は、柚月の胸にこたえた。

「——咲人、あの……本当に、ごめんっ……！」

青ざめた柚月は、振り返るとその場から走り去った。

壁の向こうで、数人の男女の声がする。戸惑う声もあれば笑う声もした。
一人、その場に残された咲人は、笑顔のまま、柚月《ゆづき》がさっきまでいたところを見た。
急に視界がぼやけた。ポツ、ポツと咲人の靴の先に水滴が落ちる。
笑っているのに、なぜか涙が零《こぼ》れ出る。
なぜ、どうして——ロボットだから壊れてしまったのか。
そうではない。
(あ、そっか……なるほど……これが——)
そう理解できたらひどく安心した。安心したら、顔がひしゃげた。
——俺はロボットじゃなくなった、と思った。
これが、なりたかった「ふつうの人」の姿なのだ。
だったら、もうヒーローを目指す理由なんてない。
ようやくなることができたのだ。
感情が溢《あふ》れて泣いてしまうような、そんなごく当たり前の、ごく「ふつうの人」に。
彼女のためになりたいと望んでいたものに、ようやく俺はなることができたんだ——

＊　＊　＊

——咲人がこれまでのことを話し終えると、双子姉妹は辛《つら》そうに眉根を寄せていた。

「そんな、そんなことが……」

「そんなのって、辛すぎるよぉ……」

咲人は穏やかな表情だった。

「でも、柚月に対して恨みとかそういうのはないんだ。あの出来事がきっかけで、俺は今こうして自分の感情を表に出せるようになったんだし……変な話かもしれないけど、あの罰ゲーム告白で、ようやく普通の人間らしくなれたんだ」

咲人はあたかもそれが良い思い出だったかのように、穏やかな口調で言った。

「心は折れたけど、俺にも折れる心があるんだって実感して、安心したよ」

そう言うと、今度はきまりが悪そうな顔になった。

「柚月が俺に罰ゲーム告白を仕掛けたのは、俺のせいだったんだ」

「どうして、そう思うのかな……？　罰ゲームをする人たちが悪いよ……」

咲人は首を横に振った。

「俺は、周りから見たらロボットだったみたいだから……。からかってやろうって思われても仕方がなかったのかもしれない。ボッチだったし……」

振り返ってみれば、自分がターゲットに選ばれたのは当然のような気もした。まさか柚月を差し向けてくるとは思っていなかったが。

ただ、咲人の中では柚月は加害者というより被害者だった。気が弱い彼女は、きっと周りから命令されて、それに従うしかなかったのだろう。

咲人はそこだけは念入りに双子姉妹に伝えた上で、ポケットから例のものを取り出した。

「これ、柚月に書いた手紙。渡しそびれたけど、渡さなくても良かったかもしれない」

「なにが書いてあるんですか？」

「近況と感謝。柚月がいなかったら、俺は今ここにはいないから。でも、こんなもの渡されても困るだろうし、それにもう必要がなさそうだから──」

と、咲人は手紙を破ろうとしたが、

「その手紙、貸して──」

いきなり光莉《ひかり》に奪われた。

「光莉？　どうするんだ？」

「うちが預かっておくよ」

「なんで？」

「今の、咲人くんの大事な思いがつまった手紙なんだよ？　いつか咲人くんが渡そうと思う日まで、うちが破らせたりしないからっ！」

珍しく語気を荒げる光莉を見て、返せとは言えなかった。

（ま、光莉に持っててもらうのも有りか……渡すことなんてもうないだろうけど——）

そうして、咲人は穏やかな表情のまま千影《ちかげ》を見た。

「千影と同じ塾に通い始めたのは、あのあとから。俺の顔を見て、柚月が心苦しいと思ってしまわないように、少し離れた場所にしたんだ」

「そんな……」

「ま、結果的に今があるから良かったんだ。そこで千影と出逢《であ》って好きになってもらえたし、こうして今は付き合うことができているから」

千影の目から涙が零れ落ちた。

「じゃあ、咲人くんが目立とうとしなかった理由は……」

「出る杭《くい》は打たれるんだ。でも、打たれた先にいるのは、いつも大事な人たちだと思ったんだ。俺のせいで悲しむ人を出したくない。柚月みたいにね？」

杭の先端、尖《とが》っているほうの下にいる人を考えると、その人たちに迷惑はかけられない。自分を心配して導いてくれた母親や、叔母のみつみ、柚月——そして、今は光莉と千影がいる。

自分が人とは違うことをするせいで、みんなに、誰かに、迷惑はかけられない。

みんな自分にとって大事な人たちだ。

だから「普通」でいいと思った。

周りにビクビクして、心を、行動を、今までずっと押し殺してきた。

そうして、目立たずにいることに安心感を覚えて、楽なほうに流れていた。

自分はずっと、あの罰ゲーム告白の日から逃げ続けていたのだとわかったのだ——。

「俺は千影と会って、それから光莉と会って、考え方が変わった。ううん、変わりたい」

「どんな風に……？」

と、光莉は潤んだ目で言う。

「杭をひっくり返せばいい。……逆転の発想ってやつかな？　杭をひっくり返せば尖った部分が上になる。打つやつがいなくなるくらい、尖ってしまえばいいんじゃないかって」

「つまり、どういうことかな……？」

光莉は目元を拭った。

たぶん、言わんとしていることがわかったのだろう。彼女は恐ろしく鋭い。その鋭さに、たまにひやりとすることもあったが、もう誤魔化す必要はない。

光莉と千影に、しっかりと向き合うのだ——

「光莉と千影に誇れる彼氏を目指すよ。一人になるのは怖いから……これからも三人で一緒にいたい。……ダメ、かな？」

咲人《さくと》が笑顔でそう言うと、光莉と千影の目からぶわっと涙が溢れ、

「うわぁああああああ～～～～～……──」

と、両側から抱きついてきた。

「って、おい⁉　どうしたっ⁉　二人とも……⁉」

どうして二人が泣いているのかわからない。

まして、二人はおいおいと泣きじゃくるので、理由を訊《たず》ねるわけにもいかない。

いよいよ困った。

こういうとき、どういう顔をしたらいいのだろうか。

誰かが泣いているときは、そうか──こういうときの顔を知っている。

やはり柚月から学んだ顔だった。

けれど、その後に光莉と千影からも学んだ顔でもある。

咲人は笑顔になった。心の底から彼女たちを思いやり、励まし、慈《いつく》しみ、これまでの感

謝と、これからの願いを伝えるような笑顔だった。

「──ありがとう二人とも。これからもよろしくな？」

その屈託のない柔らかな笑顔で、彼女たちが泣《な》き止《や》むまで、しばらくのあいだ二人の頭を撫《な》で続けた。

最終話　愛してくれる……？

六月二十八日火曜日。

この日の昼休み、先日行われた校内実力テストの順位表が貼り出されようとしていた。

今回は国数英の三教科。各教科一〇〇で、合計は三〇〇点。

「もちろん撮影禁止、ＳＮＳ等にアップするのも禁止だ！　……ほんと、そのあたり、今回は特に頼む……」

生徒指導の橘《たちばな》が、いつものように全体に注意したが、最後になにかゴニョゴニョと口ごもるように言った。生徒たちは「え？」と、複雑な表情をした橘を見ていた。

ようやく順位表が開かれる。

五十位、四十九位、四十八位――と、いつものように後ろから順に一位へと進んでいく。

ざわめきが廊下の先まで響きわたった。

が、残り三位から一位が開かれようとしたとき、生徒たちのざわめきが水を打ったように静まりかえった。

一位　一組　宇佐見《うさみ》千影　三〇〇点

一位　三組　高屋敷咲人《たかやしきさくと》　三〇〇点
一位　五組　宇佐見光莉　三〇〇点
四位　二組　……──

二位と三位がなかった。そして同着一位が三名。

一瞬なにかの間違いかと思った生徒たちが、一斉に生徒指導の橘を見た。

「えぇっと……珍しくても撮るな、以上……」

その瞬間、周りの視線が一位三名へと向く。

「同着でも、私より前には名前が来ないんですね？」

「クラス順みたいだから仕方がないんじゃないか？」

「でもさ、咲人くんが真ん中で、うちらが左右で、今この状態みたいじゃないかな？」

「そこは喜ぶポイントじゃない気がするな……じゃ、そろそろ学食行くか？」

「「うん！」」

唖然《あぜん》とする生徒たちのあいだを、三人は悠々と通り抜ける。

そうして三人が廊下の角を曲がったあたりで、一斉に騒ぎ出す声がした。

＊＊＊

「うーん！　美味《おい》しい〜〜〜……！」

「だから人の唐揚げを勝手に食うなって、光莉……」

「レシピを訊《き》いてみたんですが、企業秘密だそうです。しかも当ててみろと挑発されました。この旨味《うまみ》の正体はいったいなんでしょう……？　うむむ……」

「千影、研究熱心なのはいいけど……俺の唐揚げなんだけど……ねえ聞いてる？」

唐揚げを死守する咲人。双子にあっさりと奪われ、五個のうち残り三個。

たとえ彼女だとしても、許可なく彼氏から奪うのはダメ、絶対。

「じゃあ代わりに私のハンバーグさんをあげます」

「お、おう……ありがとう」

千影はいつもの物々交換戦法を繰り出す。だが、まだ唐揚げ二個には匹敵しない。

「じゃあうちはー……えいっ！」

と、光莉は咲人の腕に抱きついた。

「って、抱きつくなっ！」

「えいえいー！　あははは っ！」

光莉《ひかり》からは肉まん二個（？）と交換となれば仕方がない。

「それにしても、うちらの関係ってぜんぜんバレないね？　どうしてかな？」

「そりゃ、二人は頭が良《い》い上に可愛《かわい》くて――」

「「急にどうしたっ⁉」」

「あー違う違う……。ステレオで真っ赤にならなくていい……」

言葉の選び方に気をつけたいと思う咲人だが、可愛いものを可愛い以外で表現する言葉を知らない。

「まさか三人で付き合ってるなんて、誰も思わないだろ？」

「えぇー？　そうかなぁ？　うちがこんなにベタベタくっついてるのに？」

「それは、アレだ……そういう元気キャラだと思われてるんだ、周りに」

「咲人くんにしかしてないんだけどなぁー？」

「うぐっ……！」

光莉の破壊力のある言い方とくっつき方に、咲人は思わず赤くなる。

「ゴホン……でもひーちゃん、自重しないとそのうちバレちゃうよ？」

「にししー……ここのポジション代わる？」

「ええまあ、そういうことなら遠慮なく――」

「千《ち》影《かげ》、流されるな、立たなくていい……」

そんなやりとりをしていると、廊下での指導が終わったのか、くたくたになった橘がやってきた。

手にはトレイはなく、とりあえずほうじ茶の入ったコップを持っている。

「はぁ〜〜……まったく〜……」

橘は喉を潤すと大きなため息を吐《つ》いた。

「先生はどうしてストレスマックスなんですか？」

だいたいの事情を察した咲人は呆《あき》れ顔《がお》で橘に訊ねてみる。

「こっちはね、胃がキリキリしているんだよ……君たちの今回の実力テストの件だが、職員室では話題になっていてね、昨日の職員会議でもその件が話題になったんだ。前例がないってね……」

「……？　それのなにが問題なんですか？」

と、千影が首を傾《かし》げた。

「まあ、問題というよりも仕事が増える……。正直なところ、影響が及ぶのは今の中等部の子たちだ」

「中等部？　なんでまた……」

「外部生三人が良い結果を残したので、今度は内部生の育成について職員会議になった。高等部の教員が中等部との連携をもっと密にはかるらしい。やれやれだよ……」

それのどこに問題があるというのだろうか。

「高等部の代表、つまり今回の中高連携学力推進プロジェクトの主幹教諭が私になった……これがなにを意味しているかわかるかね？」

「なるほど、仕事が増えると……」

「そうだ……。授業参観と会議は週一回、資料作成から諸々《もろもろ》の仕事を私が主となってやらなくてはならなくなった……」

「中堅期待の教師なんですね？　おめでとうございます」

「私はまだ若手だぞ？　まだ三十代じゃない……もうすぐだがな」

そういう若手と中堅の境界線があると咲人は初めて知った。

「ゴホン……！　そこで私は妙案を思いついた。今回の一件は君たち三人から始まったことだし、ぜひ優秀な君たちには力を貸してもらいたい。具体的には……って、あれ？　三人、どこに行った？　おーい、隠れてないで出てこい。おーい、無視するな。今ならニンジンを提供するぞー？」

＊　＊　＊

放課後、いつものように三人で帰ろうとすると、雨が小降りから曇り空になっていた。

梅雨明けはもう少し先だが、これから明日にかけては晴れるという予報だった。

「実力テストの結果も出たし、今週の土曜日は三人でこのあいだできなかった遠出をしよっか？」

「素敵ですね！　賛成です！」

「うちも大賛成！　行きたい行きたい！」

双子姉妹は目を輝かせ、咲人《さくと》の両腕にそれぞれ抱きついた。

「い、一泊二日でしょうか……？」

千影はポッと頬を紅潮させた。少し妄想モードに入っている。

「いや、日帰りがいいと思う、たぶん、絶対……」

咲人が呆れながら言うと、反対側の腕に重みがかかる。

「うちは日帰りでもいいけど、あちこち見て回りたいなぁ？」

「じゃあ、帰りにカノンに寄って会議するか？」

「「賛成！」」

咲人は二人に腕をとられつつ、空を見上げた。

雲の切れ間から光が降り注ぎ、遠くの空に虹が出ている。

なんだか不思議な気分だった。たまに見る虹も、こうして二人と見ているとなぜかいいもののように感じる。

ふと視線を戻すと、二人はニコニコ顔だった。なにか企《たくら》んでるのだろうか。

「咲人くん、そういうことですので――」

「うちとちーちゃん、双子まとめて――」

光莉と千影はいちだんと腕に力を入れた。

「「愛してくれる？」」

やれやれと思いつつも、咲人の顔に笑顔が宿った。

それは、けしてつくられたものではなく、頭で考えたものでもなく、心からの、屈託のない笑顔だった。

あとがき

白井ムクと申します。忍者や信楽焼《しがらきやき》で有名な滋賀県甲賀《こうか》市にて執筆活動を行っています。ファンタジア文庫様から「じつは義妹でした。」シリーズ（以下略称「じついも」。文庫は既刊6巻・コミカライズは2巻まで）が出ておりますので、そちらで知っていただいている方もいらっしゃるかと存じます。本作から知っていただいた方も、何卒《なにとぞ》よろしくお願いいたします。

さて、本作「双子まとめて『カノジョ』にしない？」（以下略称「ふたごま」）はいかがでしたでしょうか？　美少女双子姉妹とまさかの同時に付き合うことになってしまった少年の喜びと葛藤を描いてみました。性格のまったく異なる双子の光莉《ひかり》と千影《ちかげ》を書くのは非常に楽しく、またぐいぐいと迫られる主人公・高屋敷咲人《たかやしきさくと》の「羨《うらや》まけしからん」姿を描くのも楽しかったです。

出る杭《くい》は打たれる——ならば、杭を逆さまにしてみてはどうか。常識とは百八十度逆に、尖《とが》った杭は打たれない、という逆転の発想をする咲人ですが、すると今度は杭の平らな部分が下にくるため、地面に刺さりません。必ず支えが必要になってきます。

今はまだ双子姉妹に支えられている咲人ですが、三人の今後はどうなっていくのか？

また、咲人の幼馴染《おさななじみ》の草薙柚月《くさなぎゆづき》とはどうなっていくのか？

それらを書きたいと思っておりますので、「じついも」シリーズと併せて、どうか「ふたごま」の応援のほど、よろしくお願いいたします。


ここで謝辞を。

担当編集の竹林様には、「じついも」シリーズと併せてお世話になっております。大変お忙しい中、何度も長時間の打ち合わせにお付き合い頂きまして、ありがとうございました。また、富士見ファンタジア文庫編集部の皆様並びに出版業界の皆様や販売店の皆様にも厚く御礼申し上げます。

イラストレーターの千種《ちぐさ》みのり様。本作でもご一緒することができて大変嬉《うれ》しく思っております。毎回素敵なイラストをありがとうございます。今後とも何卒よろしくお願いいたします。

さらに、いつも応援してくださるYouTubeチャンネル『カノンの恋愛漫画』の結城《ゆうき》カノン様、日頃から執筆を支えてくれる家族のみんなにも、御礼を申し上げます。まだまだ頑張ります！

そして、本作を手に取ってくださった読者の皆様にも心より感謝申し上げますとともに、本作に携わった全ての方のご多幸をお祈り申し上げまして、簡単ではございますが御礼の言葉とさせていただきます。

滋賀県甲賀市より愛を込めて。

白井ムク

富士見ファンタジア文庫

双子《ふたご》まとめて『カノジョ』にしない？

令和５年11月20日　初版発行

著者――白井《しらい》ムク

発行者――山下直久

発　行――株式会社KADOKAWA
〒102-8177
東京都千代田区富士見2-13-3
0570-002-301（ナビダイヤル）

印刷所――株式会社暁印刷

製本所――本間製本株式会社

※定価はカバーに表示してあります。
●お問い合わせ
https://www.kadokawa.co.jp/（「お問い合わせ」へお進みください）
※内容によっては、お答えできない場合があります。
※サポートは日本国内のみとさせていただきます。
※Japanese text only

ISBN978-4-04-075228-0 C0193　◇◇◇

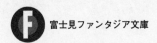

切り拓け！キミだけの王道
ファンタジア大賞
原稿募集中！
賞金
《大賞》300万円
《金賞》50万円
《銀賞》30万円
選考委員
細音啓「キミと僕の最後の戦場、あるいは世界が始まる聖戦」
橘公司「デート・ア・ライブ」
羊太郎「ロクでなし魔術講師と禁忌教典《アカシックレコード》」
ファンタジア文庫編集長
後期締切 2月末日
前期締切 8月末日
公式サイトはこちら！ https://www.fantasiataisho.com/
イラスト／つなこ、猫鍋蒼、三嶋くろね